滄海叢刊

訓詁通論

吳孟復 著

1990

東大圖書公司印行

國立中央圖書館出版品預行編目資料

訓詁通論／吳孟復著。--初版。--臺北
市：東大出版：三民總經銷，民79
面：　　公分--（滄海叢刊）
ISBN 957-19-0330-2（精裝）
ISBN 957-19-0331-0（平裝）

1. 訓詁
802.1　　　　　　　　79000273

 訓詁通論

著　者　吳孟復
發行人　劉仲文
出版者　東大圖書股份有限公司
總經銷　三民書局股份有限公司
印刷所　東大圖書股份有限公司
地址／臺北市重慶南路一段六十一號二樓
郵撥／〇一〇七一七五—〇號
初　版　中華民國七十九年十一月
編　號　E 80070
基本定價　叁元伍角陸分
行政院新聞局登記證局版臺業字第〇一九七號

訓　詁　通　論
編號　E 80070
東大圖書公司

ISBN 957-19-0331-0（平裝）

序

我得讀吳孟復先生《訓詁通論》，怡然胸懷開朗，以為，吳先生此作，確乎當得起此學之通論了。

訓詁之學，其要旨在于求得前人之言語所傳達的意義之本真。古人重經書，訓詁之起，起于解經，其初的地位是「經學附庸」，這是很自然的。吳先生《通論》說：「訓詁學是研究語義的。由于它研究的是古書上的語義，所以又屬于文獻語言學」。此論實得「訓詁」之本，實至為切當。至愿幷世學人為「訓詁」下定義時有會于斯言。把「訓詁」說得泛了或求之過深，反而不足以詳「訓詁」之功能，明「訓詁」之職責。

訓詁學研究的既是古書上的語義，則訓詁學自不能不要求熟悉于古。這有兩個方面：一是語言文字方面，一是古文獻所關涉的諸多方面。所謂諸多方面，比如戴震說的如果不知

「恆星七政所以運行」，不知「古者宮室衣服等制」，不知「古今地理沿革」，不知「鳥獸蟲魚草木之狀類名號」，則〈堯典〉、〈禹貢〉、《禮》、《詩》之經「難明」。可見諸多方面所包者廣。《爾雅》為訓詁字書之祖，卽含有〈釋親〉、〈釋宮〉、〈釋器〉、〈釋樂〉、〈釋天〉、〈釋地〉、〈釋丘〉、〈釋山〉、〈釋水〉、〈釋草〉、〈釋木〉、〈釋蟲〉、〈釋魚〉、〈釋鳥〉、〈釋獸〉、〈釋畜〉等篇，前人對此往往以「名物制度」概括之。吳先生《通論》對這方面再三致意，指出「詞語中還有大量的名物、制度之名，有的還涉及歷史沿革」，又指出「詞義的訓釋，涉及到哲學史、地理沿革、科學史等方面，自不可掉以輕心，望文生訓」。我亦愿為訓詁者不忽視這點。

在語言文字方面，《通論》則特別致意。就着漢文字、音韻的特點及其使用特點，《通論》鄭重、反復闡明「今音、古音、今形、古形、今義、古義，六者互相求」之旨，鄭重、反復闡明「就古音以求古義，不限形體」之旨。《通論》又特別致意于古人行文的習慣——詞章，謂昔人所重之詞章指「語法、修辭、邏輯」，講詞章卽「領會古人的文理與語氣」，亦卽是「審詞氣」、「通文法」，亦卽「講求、明瞭古人用詞、造句、修辭、行文中一些比較特殊的規律」。《通論》凡四講，我以為，其第二講「訓詁與文字、音韻」，第三講「訓詁與詞氣、文法」實其主體部分。特別第三講，第一節「必須分清字、詞及合成詞的構詞方式」，講明：一、注意字與詞之分別，特別對多音詞不能拆開來解釋；二、對合成詞要注意詞的構成方式，如平列結構不能誤作偏正結構。第二節「必須分清詞之虛實及詞義通別」，講明：一、分清虛詞與實詞；二、注意分清詞義的區別與相通。第三節「必須體會文理、語氣，注意修辭特點」，講明：一、聯系上下文，領會古人的語意、語氣；二、根據古人修辭的習慣，推定詞義，于古人用詞、造句、修辭、行文之規律，指陳詳明，實為本書一大優點。

訓詁，有其理論、法則，有其方式、方法，深入而淺出地闡明此理論、法則，方式、方法，著為一書以導夫先路、導人入門、導人深造，無門戶主奴之見、無浮泛夸誕之言，簡要而閎通，我深服于吳先生之《訓詁通論》。唐文治大師世所宗仰，出其門者多大儒。孟復先生少嘗受業于大師，是能光大師門者。予讀其書，敬其人，因謹為之序。

殷煥先

一九九〇年夏日于山東大學之南園

目錄

緒論

一、爲什麼要學訓詁學

訓詁之學，雖然早在漢代就已經出現，但長期以來，被人視爲經學附庸。現代許多青年，對它更是陌生。因此，有的人覺得它很神秘，有的人認爲它對自己的讀書、治學關係不大。當然，如果只是經學附庸，那就只有研究經學史的人要了解它；如果只是研究漢語史工作的一部分，那也只是少數專家的工作。其實並非如此。訓詁的任務在於「釋古今之異言，通方俗之殊語」，這不是所有讀古書、用古書的人皆須知道的嗎？我們要繼承民族文化遺產，就必須充分利用古代文獻；要利用古代文獻，就要能讀通文獻語言，了解它的語義。訓詁學就是研究語義的。由於它研究的是古書上的語義，所以又屬於文獻語言學。由此可見，對於閱讀古書，注釋古書，講解古文及從事文史研究工作的同志來說，訓詁皆是斯須不可或離的事。

但是，訓詁又是一門科學。如果沒有掌握它的規律，就會把古書上的語義解釋錯誤，以之讀書，就不能看出古人的眞意；以之注書或敎書，更會貽誤讀者或學生。

也許有人會說，自漢以來，古書已有許多注本，還有各種字典、辭書，這些盡足供人查索，又何必自己動手搞呢？我們知道，各種注本與工具書確實很多，但解說每每不一。何去何從，既有待於鑒別；而有些注本的解說還必須訂正或補充。

例如：蘇軾〈喜雨亭記〉中「於是舉酒屬客而告之」的「屬」字，有本《古代漢語》注爲「通『囑』」。從上下文來看，這樣也可以說得通；但蘇軾〈前赤壁賦〉中又有「舉酒屬客，誦明月之詩，歌窈窕之章」，這裏的「屬」字顯然不能再解爲「通『囑』」。於是，這本《古代漢語》編注者只好把它解爲「拿起酒勸客人」。細心的讀者會問：「屬」字爲什麼能解成「勸」？同一作家，同言「舉酒屬客」，爲什麼兩處兩樣解法？可見這不是確訓。我們知道，「屬」與「注」在《說文通訓定聲》中同爲「需」部字，故朱駿聲謂「屬」可以「假借爲注」。朱又引《文選・魯靈光殿賦・注》：「注猶屬也」，還引《儀禮・士昏禮》：「酌元酒三屬於尊」，後者與「舉酒屬客」之「屬」更是同一用法。由此可見，這裏的「屬」亦應解爲「通『注』」。又《說文》：「注，灌也」，亦可作爲旁證。那部《古代漢語》是一部比較嚴肅的科學著作，其中的注解尚不免有誤，其它注本之未能盡恃，也就可以想見了。因此，讀書、敎書的人，專恃注本顯然是不行的。

但是，旣恃注本又恃工具書行不行呢？有部《歷代散文選注》，還有〈隆中對〉和〈與陳伯之書〉兩文。我們知道，〈隆中對〉和〈與陳伯之書〉中均有「猖獗」一詞。清朝趙翼已注意到兩者詞義不同（見《陔餘叢考》），《辭海》根據趙說分列兩個義項：一爲「橫行無忌」，一爲「蹎仆；顚覆」。《歷代散文選注》的注者把〈隆中對〉中劉備自言「智術淺短，遂用猖獗」注爲「狂妄放肆，失敗傾覆。」按此理解，豈不變成劉備自己罵自己了？可見《選注》還不如《辭海》「蹎仆」（即摔跤子）注得好。在〈與陳伯之書〉中，丘遲說陳伯之叛宋降魏是由於「不能內審諸己，外受流言，沉迷猖獗，以至於此」，《選注》注爲「狂妄」，也顯然不如《辭海》釋爲「橫行無忌」好；但說「橫行」也不太確切。因爲丘遲寫信給陳伯之勸諭他，當然不會公然罵他。而且，趙翼與《辭海》編者皆未能看出此詞兩個義項之間的聯繫，因而所釋亦不甚精確。按：「猖」字不見《說文》，朱駿聲謂爲「倀」之俗字。《說文》：「倀，狂也；一曰，朴也」（朱謂卽「顚仆」之「仆」之訛）。重言爲「倀倀」。倀倀，《禮記・仲尼燕居・釋文》：「無見貌」，《荀子・修身・注》：「無所適也。言不知所措履。」謰語亦作「倡儮」（見〈樊重碑〉）。又《廣雅・釋詁》：「譎、倀，狂也。」王念孫引〈急就篇注〉云：「顚疾亦謂之狂獝，妄動作也。」《漢書・揚雄傳》孟康注：「獝狂，惡疾也。」王念孫曰：「儵、遹、獝並同義。」今按：目無所見，則不知所措履，故可以比喻英雄失路，暫受挫折，〈隆中對〉取義本此；也可以用來形容迷失路途，舉動不當，〈與陳伯之書〉取義本此（後文卽望其「迷路知返」）。一取「仆」義，一取「狂」義，蓋病狂者多亂動，亦易跌仆。後世「横行無忌」之義，則是由「亂動作」進一步引申。故義雖有三，語實一源；趙翼猶未達一間，《辭海》編者亦剖析未精。由此可見，專恃注本，或兼恃工具書皆不行，而必須研究訓詁，考索語源，弄清詞義的歷史變化，然後才能注解精確，使人易知易懂。

二、爲什麼既要尊重故訓，又不能墨守故訓

不能專恃注本或工具書，絕不是說可以不尊重故訓。正如王力說的：「訓詁一類的書有一個共同的特點，就是搜集和保存故訓。」「訓詁學的價値，正是在於把故訓傳授下來。」（〈訓詁學上的幾個問題〉）故訓爲什麼有價値呢？

文獻上的語言，是古人的書面語言。古人是根據他們當時所用的字形、字音、字義，根據他們當時遣詞行文的習慣而「著之竹帛」亦卽寫成書的。因而，離作者時代越近的人，對書中語義知道得越清楚，其對書中語義的解釋也往往較多可信。漢朝人距離先秦時間較近，

先秦人所用的字音、字義，在漢時有的還未變；有的變化不大，卽使已有變化，漢朝人也還能從他們的老師與先輩的「口口相傳」中知之較眞。與此同時，他們所見到的文獻紀錄，也總比後人多。魏、晉、六朝人對漢朝，唐宋人對漢魏六朝……情況亦復如此。舉例來說，漢人讀《詩經》與我們讀明清民歌，從時間距離上說，是有些相似的。我們讀「山歌」、「掛枝兒」並不太難，則漢人對《詩經》中語義了解自亦較易。隋、唐時，一些漢魏人所編的字詁、韻書還未佚失，嚴肅的學者所作注解往往有據，因之，其可信程度也就較高。

例如《詩・北山》：「大夫不均，我從事獨賢。」其中「賢」字如按「賢能」的意思解，是講不通的。一查《毛傳》，原來「賢」解爲「勞也」，「我從事獨勞」，這就容易理解了。

又如《左傳・鄭伯克段於鄢》：「多行不義必自斃」，「斃」在今天義爲死亡。「多行不義」與「死亡」無關，所以按今日的語意是解不通的。但《爾雅・釋言》：「斃，踣也。」「踣」是「摔跤子」的意思，「多行不義」就要摔跤子，這就甚易理解。故訓之足重，原因卽在於此。

但這決不是說應該墨守漢人故訓，更不是說後人的解說一概不如漢人。事實上，清代以及現代學者在訓詁上的貢獻不僅遠勝唐、宋，對漢、晉人舊說亦多有所訂正。這裏有幾種情況：

一種情況是漢、唐舊解雖未誤，但古人語簡，言之未明，有待闡發。例如《詩經・何彼襛矣》：「何彼襛矣，華如桃李。」《毛傳》：「『襛』猶『戎戎』也。」我們看了這一解釋，仍然不懂，因爲不知「戎戎」是什麼意思。淸人馬瑞辰根據《說文》：「襛，衣厚貌」，又「醲，酒厚也」，「濃，露之厚也」，《玉篇》：「農，厚也」，從而指出：從「農」之字多有「厚」義，而「厚」與「盛」義近；又根據「戎」，《韓詩》作「茙」，而《詩・旄丘》：「狐裘蒙戎」，《左傳・僖五年》引作「狐裘尨茸」，指出「戎」卽「茙」亦卽「茸」。《說文》無「茙」字，只有「茸」字，它對「茸」字的解釋是「茸，草茸茸貌。」又「芃」字條下，段注：「『芃芃』與『茙茙』雙聲，柔細之狀。」原來「襛」卽「茸茸」，而「何彼襛矣」卽多麼茸茸，或多麼柔細，用它來形容桃李之花很確切，很形象。可見《毛傳》的解釋並不錯，只是說得過簡，使人難於領會。經過馬瑞辰的闡明，我們就容易懂了。但是，馬瑞辰的這一解釋又正是根據故訓而獲得的。

另一種情況是古人沒有注解，有待於後人根據它書中的故訓進行補注。如《左傳・僖二十三年》：「其波及晉國，君之餘也」（卽今語「波及」一詞來源）。我們對學生講此文時，對「波」字含義頗難解淸。王念孫根據〈禹貢〉鄭注：「播，散也」，又〈禹貢〉：「熒波既豬」，鄭、王本並作「熒播」，而《周禮・職方》：「其浸波溠」，鄭注：「波讀爲播」，指出「波」與「播」通，故「波及晉國」猶言「播散及晉國」，這不就很容易講淸了嗎？

再一種情況是古人注錯了的，要由後人根據它書故訓進行訂正。如《左傳·僖五年》「輔車相依，脣亡齒寒」，這在今天還用爲成語。但什麼是「輔」和「車」呢？單看古注，很難理解。漢代服虔注：「輔，上頷車也，與牙相依」；晉代杜預說：「輔，頰輔；車，牙車。」王念孫看出：如果依照上述兩家說法，則是「車」與「齒」爲一物，不得分爲兩句。他認爲「『脣亡齒寒』，取諸身以爲喻，『輔車相依』則取諸車以爲喻。」其根據是《詩·小雅·正月》：「其車旣載，乃棄爾輔」。《正義》：「謂如今人縛杖於輻，以防輔車也」，是「輔」卽「縛於輻」旁之「杖」（棍棒）。《呂氏春秋·權勛》：「虞之於虢，若車之有輔也」，尤爲明證。這就是說：漢、晉人的注釋錯了，清朝人將它訂正過來了。但是，要訂正它，也必須根據其它古書中的故訓，這樣才有根據，才能使人信服。

所以，我們讀書、教書、注書時都必須尊重故訓；但尊重並不等於迷信。這一點，由以上諸例可以看得很明白。

因此，我們要掌握故訓（不僅指漢唐故訓，也包括宋以後學者的說法），必須是嚴肅認眞的考釋；皮傅形似，望文生訓的話是不足取的。自然，也有很難找到故訓爲依據、而有大量的語言資料可以證明的，像王引之在《經傳釋詞》及張相在《詩詞曲語詞彙釋》中用歸納方法，從大量語言現象中抽繹出來的詞義，如果驗證無誤，也與故訓有同等價值。

由上所述，可見掌握故訓，並不是說記憶背誦了一些故訓，便可依樣畫葫蘆地搬用，而還要有所發揮，有所補充，有所訂正。在發揮、補充、訂正中，就必須要運用到文字、音韻的知識，要運用到訓詁的理論，要結合歷史來考察，但不管用到什麼，又都必須以故訓爲主要依據。

三、用訓詁解決哪些方面的問題

上面說的還是前人的事，就我們的讀書、教書、注書來說，訓詁的作用在哪些方面呢？

解釋詞義

書中難解的地方，往往正在某個詞的詞義上。詞義爲什麼難解呢？因爲有些詞語從字面上是看不出它的意思的。例如「無慮」一詞，在古書上常常見到，但它的眞正意思，卻是「自唐初人已不曉其義，望文生訓，率多穿鑿。」清代王念孫根據高誘注《淮南子・俶眞注》：「無慮，大數名也」，《廣雅》：「無慮，都凡也」，又曰：「都，大也」，《周髀算經》趙爽注：「無慮，粗計也」等等，從而指出，「總計物數謂之無慮，總度事宜，亦謂之無慮。皆『都凡』之意。」這才把這一詞義解釋清楚。

又如，丘遲〈與陳伯之書〉說：「主上屈法申恩，吞舟是漏。」有本《散文選》注爲：

「屈法，輕法。申恩，申明恩惠。」這是按字面意思進行解釋的。但「屈」既沒有「輕」義，而依法減輕，也不成爲「呑舟是漏」。「申明」在《辭海》上的解釋是「陳述，說明」。「主上（皇帝）」又怎麼能向人「陳述恩惠」呢？這樣解釋，這一句和這一段語意就都不明白了。由此可見，望文生訓，不能解淸詞義，也不能解淸句意與段意。其實，「屈」與「申」（同「伸」）爲對文，《淮南子·氾論》：「何小節伸而大略屈」，高誘注：「屈，廢也。」《爾雅》：「廢，舍也。」郭注：「舍，放置也。」可見「屈法」意謂放開法律，即不咎既往的意思。「伸」，《玉篇》：「舒也。」「舒」有「施」、「布」等義。故「屈法申恩」即「法外施恩」之意。再結合歷史事實看，陳伯之是南朝叛將，對南朝來說，本是有罪的；丘遲寫信勸他回歸，說皇帝法外施恩，用以解除他的顧慮，這樣措辭正是得體的。

　　這說明，要解釋準詞義，還要聯繫上下文看。再舉一例：〈出師表〉：「宮中府中，俱爲一體，陟罰臧否，不宜異同。若有作奸犯科及爲忠善者，宜付有司論其刑賞。」有本《文學作品選》注爲：「臧否指評論人物」。誠然，「臧否」也可以解爲「褒貶」，如阮籍「口不臧否人物」（《晉書·阮籍傳》）；但諸葛亮以宰相「出師」，臨行上表，明言「論其刑賞」，顯然與「評論」無關。因爲漢末所謂「月旦」之「評」並不出於「有司」；而「評論」在下文中又並無着落，就邏輯說，這是講不通的。其實，諸葛亮講的「陟罰臧否」指陟善罰惡，亦即對「爲忠善者」加以「賞」，對「作奸犯科者」施以「刑」。信賞必罰，無所偏私，這才是諸葛亮的思想與作風。文中本無「評論」一層意思，注釋者只見孤立的詞，沒有聯繫上下文看；這樣一解，反而弄得文理不通了。

由此可見，掌握了訓詁規律，才能解通詞義，解通了詞義，對句意、段意也就可以有正確的了解，甚至對全文的大義、作家的思想，也能由此窺見。漢人講的「訓詁通大義」，就說明了訓釋詞義與講「通大義」息息相關。

還應看到：詞語中有些是哲學概念，如「理」字，宋代理學家把它解爲：「理也者，形而上之道也，生物之本也」（朱熹〈答黃道夫書〉），用以宣揚唯心論。但在《說文》中，「理」則訓爲「治玉」，清段玉裁注云：「《戰國策》『鄭人謂玉之未理者爲璞，是理爲剖析也。』玉雖至堅，而治之得其䚡理，以成器不難，謂之理。凡天下一事一物，必推其情，至於無憾而後卽安，是謂之天理，是謂善治，此引申之義也。」其說本於戴震：「理者，察之而幾微必區以別之名也……天理者，言乎自然之分理也」（《孟子字義疏證》）。戴、段兩家之言皆意在批駁朱熹之說。由此可見，訓詁與義理之關係，一字之訓，往往反映着兩種學說、兩種思想體系之別。

詞語中還有大量的名物、制度之名，有的還涉及歷史沿革。如有本《唐詩選》把王勃〈送杜少府之蜀州〉之「蜀州」釋爲「在今肇慶」。按：初唐置蜀州在王勃死後，王勃何由預知？此當沿用隋代「蜀郡」舊稱，似不必指之太實。又如白居易〈宿紫閣山下北村〉中之

「紫衣人」，講的是「神策軍」，「紫衣」自當指「紫褶袴」，而有些注本竟認「紫衣」爲「三、四品大官」，不特失實，亦且文理難通。又如「桂」樹是常見之植物，但王維詩「人閑桂花落，夜靜春山空」，卽顯非秋日着花之「桂」（俞正燮《癸巳存稿》中對「桂」有考證）。可見，詞義的訓釋，涉及到哲學史、地理沿革、科學史等方面，自不可掉以輕心，望文生訓。

分清句讀

分章斷句，有助於對文獻中語義的理解，漢朝人已知道這一點，歷代敎書、注書的人亦莫不以此爲下手的第一步。但分清句讀也必須以解清詞義爲前提。例如《孟子》上說：「其爲氣（按指「浩然之氣」）也至大至剛以直養而無害則塞於天地之間」，朱熹讀成「其爲氣也，至大至剛，以直養而無害，則塞於天地之間」。什麼叫「以直養」呢？這是很難回答的。其實是朱熹斷句斷錯了，蓋「以直」二字原應連上讀，而朱熹誤在「至剛」下逗。那麼朱熹爲什麼會把句子斷錯呢？原因是他把「以」字當「把」字或「拿」字解，因而就不能連上句讀。王念孫知道「以」字古時有「而」字義，「至大至剛以直」，正與《尚書・金縢》的「天大雷電以風」句法一樣，亦卽「至大至剛而直」。這一改讀，便文從字順，十分易懂。

反過來看，分清句讀，又有助於詞義的理解。如《南史》上有一段話，中華書局標點本讀爲「不圖門衰禍集，一旦草土，殘息復罹今酷」。「草土」一詞是什麼意思，誰也不會懂得。但是，如果改讀爲「不圖門衰，禍集一旦，草土殘息，復罹今酷」，稍微讀過一些古書的人，便會一眼看出義同「苫塊」（卽寢苫枕塊）。所以句讀得當，詞義往往能隨之而明。

分清句讀，還有助於對文義與歷史事實的了解。如《史記．項羽本紀》中「行略定秦地函谷關有兵守關不得入」，有的選本在「行」下逗，有的不逗；有的以「函谷關」連下讀，有的從上讀。原因是由於「行」字有「行進」與「行將」兩種解釋；而「秦地」所指有六國時與秦統一後兩種不同範圍。按之《史記》，其言楚漢時地名，多本六國舊稱，則這裏的「秦地」必指函谷關以西。因此，這裏的「行」字自當爲「行將」之義。故當讀「行略定秦地，函谷關有兵守關，不得入。」三句話中，一言項羽軍之動向，一言所遇到的新情況，一言新情況下的新困難，層次分明，讀起來亦甚流暢。這又說明分清句讀，不僅對文義的理解有助，且有助於了解史實。

分清句讀，在文學作品中，還有助於藝術欣賞。例如，李白〈送孟浩然之廣陵〉：「孤帆遠影碧空盡，惟見長江天際流。」千古傳誦，但它說的是什麼意思，好在何處，卻不是人人能夠理解的。我們如果在「帆」字、「影」字下各加一個破折號，便可使讀者想像到：孟浩然乘舟東下，李白目送其行。始猶見其「孤帆」，繼則唯見「帆影」，後來連帆影也不可得見，而「惟見長江天際流」。時間雖已推移，但送行者仍然佇立江邊，其依依之情，也就見於言外。而李白善於利用示現手法，做到了「不着一字，盡得風流」，其妙處也就可得而言了。

特別是下列兩例，更能說明問題。

《南史·沈慶之傳》（標點本）：「〔沈慶之〕又討諸山蠻，緣險築重城」，依此讀法，「緣險築重城」的主語是沈慶之；但沈方進討，爲什麼忽然「緣險築城」呢？其實，「緣險築重城」的是被誣爲「蠻」的起義軍。只因標點者誤把「蠻」字連上讀，以致「緣險築重城」句失了主語，變得語義全非。如果讀作「又討諸山，蠻緣險築重城」，則意思便很明白了。

再舉一例：如《南史·張嵊傳》（標點本）中伏挺向湘東王說：「君王可畏人也。」按伏挺說的「可畏人」原指張嵊，而「標點本」這樣一讀，卻變成指湘東王了。所以，應該改爲：「君王！可畏人也。」由上引兩例看，可見句讀得當，直接起着訓詁的作用。早在漢代，鄭玄等人注經時已注意及此；我們今天更應充分運用標點符號，把它視作訓詁的一部分。

校正文字

閻若璩謂：「秦漢大儒專精讎校、訓詁、聲音。」可見古代訓詁家已經把校讎視作訓詁的一部分。許愼、鄭玄都很注意「是正文字」的工作；後來，唐陸德明《經典釋文》更滙集了各種傳本的「異文」，成爲訓詁的重要資料。

清代王引之指出：「經典之文，往往形似而訛，仍之則不可通，改之則怡然理順」（《經義述聞》）。這句話提示了訓詁的一個方法，指明校正文字是訓詁的一項內容。

因爲，有些古書難讀，並不是由於詞義難解，而是書上有了訛字、脫文或衍文；如果把它們校訂出來，就會變得文從字順。例如：《莊子・山木》：「舜之將死，眞冷禹曰……。」「眞冷」兩字實使人無從索解。王引之從《經典釋文》中找到司馬彪本「眞」作「直」，但「直冷」仍不可通。這時，他又想到：籀文「逌」即「乃」字，隸書作「迺」，《嶧山碑》作「逌」；而「直」之隸書作「直」，兩者形甚相近。因此，可以推定：蓋由「迺」（逌）訛爲「直」（直），再由「直」訛爲「眞」，是「眞」字實是「乃」字。而「命」與「令」古字相通，「令」又與「冷」形近，蓋「命」一訛爲「令」，再訛爲「冷」。故「眞冷禹」實即「乃命禹」。這樣就使得一個很難解的語句變得十分易解。又如《大學》：「見賢而不能舉，舉而不能先」，「先」字也費解。俞樾據「近」字古文作「岓」，與「先」形似；而下文又云：「見賢而不能退，退而不能遠」，「近」與「遠」正相對成文，因定「先」字爲「近」之訛。「舉而不能近」，這就文從字順，不待煩言而自解了。

又如《呂氏春秋・原亂》：「慮福未及，慮禍過之，所以皃（即「貌」）之也。」「皃」字也費解。王念孫從隸書「完」字寫作「[illegible]」，形與「皃」近，因而論證「皃」當爲「完」。「完」有「全」義，即「所以全之也」，語義就不難懂了。又如《墨子・經說上》：「義志以天下爲芬」，什麼叫「義志」呢？俞樾指出：「『志』當作『者』」，蓋由草書形似而誤。又如《左傳》上：「不可以貳」的「貳」和《詩・氓》：「女也不爽，士貳其行」的「貳」，王引之認爲皆是「貣」字之譌，「貣」是「忒」的借字，義爲「變也」。把「士貳其行」讀爲「士忒其行」，即「士變其行」，頗爲簡捷了當。由上所述，可見對於形近而譌的字，一經校正，文義即易於明白，甚至不待煩說而義已明。

我們由上可以看到，訓詁家的校讎與校讎家的校讎，有共同之處，但也各有特點。校讎家的校讎雖也兼用對校、自校、他校、理校等法，但主要是依據善本來對校；訓詁家的校讎，也要依據善本對校，但主要是從字形變異、字音通轉着眼，以自校、他校、理校爲多(詳見《經義述聞》及《古書疑義舉例》，本書後面還要談到)。正因如此，我們可以說，校讎有助於訓詁；而訓詁又爲校讎提供了理論與技術的指導。這對整理古籍，讀通古文獻，是有很大的作用的。

探明語源，研求規律

劉熙《釋名》：「以同音相諧，推論稱名辨物之意」，這已開始了對語源的探索。清代段玉裁在《說文注》中也注意探索語源，如《說文》：「鋻，剛(鍔)也，從金臤聲。」段注：

「此形聲中會意也。堅者，土之臤；緊者，絲之臤，鋻者，金之臤。」指出「鋻」與「堅」、「緊」等字都有「堅」的意思，所以皆從「臤」得聲，說明它們屬於同一語源。

探明語源有助於詞義的研究。例如：楊樹達謂〈孤兒行〉：「手爲錯」之「錯」爲「皴皵」，與「錯石」之「錯」同受義於「麤錯」，語源無二。沈兼士又引《周禮・典瑞》鄭司農注：「駔，外有捷盧也。」疏：「捷盧若鋸牙然。」《說文》：「鑢，錯銅鐵也。」《廣雅・釋詁》：「錯、鑢，磨也。」又〈釋器〉：「鋁謂之錯」，因謂：「案鑢、鋁皆與鋸同，今木工所用鋸之小而齒細者猶曰錯。《說文》正篆只作厝，云『厲石也』，蓋以石爲之曰厝，以金爲之曰錯。《釋名・釋山》：『石載土曰岨，岨臚然也。』……岨臚也者猶錯也，謂石之錯落不平如鋸牙然。今河北人謂天寒地凍皮膚粗皵爲『起岨臚』，猶古語也。是錯也，皵也，捷盧也，岨臚也，單語復詞，虛實名狀，相互通用，語根一也」（見沈兼士《段硯齋雜文》）。這就不僅找出了〈孤兒行〉中「錯」字的確解，而且給我們濬發了神思，提示了方法。

通過語源的研究，「明字義孳乳」，「分時代先後」，這才能使訓詁脫離經學之附庸，而成爲研究語史之科學。這對語文教學的改革也將具有重要的意義。衆所周知，漢語構詞力強，詞彙十分豐富；而漢字是方塊字，重文、或體及聯綿詞不同寫法既多，內部曲折關係又無法從字面看出；加以假借與引申，分訓與反訓，詞義更難掌握。教師注意辨析，往往辨析愈細，記憶愈難。蓋由「任教者不能與學者以有條理系統之知識，致令彼等對於汪洋浩瀚之訓詁，在校時已有望洋之嘆，出校後更無線索可尋」，「假使故訓條理清明，則學者斷不至有望洋之嘆，而記憶有捷徑可尋」（楊樹達〈形聲字聲中有義說〉）。楊樹達先生這段話是足以發人深省的。當然，「故訓條理」並不能限於「形聲字聲中有義」這一點。我曾想過：

1.漢語的詞雖是無限的，但字卻是有限的，常用的更不過三、四千字（見唐蘭《中國文字學》），以三、四千字，駕馭無限的詞，執簡御繁，已可事半功倍。

2.字及聯綿詞中，還有許多是一個字（詞）的不同寫法，如果加以合併，則必須記憶的字數又可大為減少。

3.了解了語源、字族，掌握因音求義的方法，記憶就更為方便。

4.詞義的輾轉引申亦有規律可尋。所以，研究訓詁，探明語源，應該是改進語文教學的根本關鍵。

第一講　訓詁及其歷史

現代語言學一般分爲三個部門：一是語音之學，二是語法之學，三是語義之學。在我國古代，語言文字之學統稱爲「小學」，或統目爲「文字之學」。宋晁公武說：「文字之學，凡有三：其一，體制，謂點畫有縱横曲直之殊；其二，訓詁，謂稱謂有古今雅俗之異；其三，音韻，謂呼吸有清濁高下之不同」（《郡齋讀書志》）。清修《四庫全書總目提要》，也把「經部・小學類」分爲：字書之屬，訓詁之屬，韻書之屬。古今相較，可以看出：我國傳統的訓詁學約與語義學相當。由於它是研究古代語義的，所以又屬於文獻語言學的範疇。

第一節　訓詁釋名

張揖說：「詁者，古今之異語也；訓者，謂字有意義也」（《釋文》引《雜字》）。孔穎達說：「詁者，古也，古今異言，通之使人知也。訓者，道物之貌以告人也」（《毛詩正義》）。馬瑞辰曰：「詁訓本爲故言，由今通古皆曰詁訓，亦曰訓詁。而單詞（單音詞）則爲詁；重言（迭詞）則爲訓。詁，就其字之義旨而證明之；訓，則兼其言之比興而訓導之」（見《毛詩傳箋通釋》）。陳奐曰：「毛公《訓詁傳》，傳者，述經之大義；詁訓者，所以通名物、象數、假借、轉注之用」（《詩毛氏傳疏・說》）。各家對訓詁的解釋，大抵皆是以《爾雅》、《毛詩》爲藍本而加以分析推定的。因此，還得先看《爾雅》、《廣雅》的具體內容。

我們知道，我國第一部訓詁書是《爾雅》，「《爾雅》者，所以總絕代之離詞，辨同實而殊號。」《爾雅》的第一篇叫做〈釋詁〉。郭璞《爾雅注》在「釋詁」條下說：「此之所以釋古今之異言，通方俗之殊語。」試看《爾雅・釋詁》第一條：「初、哉、首、基、肇、祖、元、胎、俶、落、權輿，始也。」從「初」到「權輿」，大概皆古代的「通語」與方言，而「始」字則是當時的「通語」。再看《廣雅・釋詁》：「虔、辯、謾、黠、儇、憭、譎、慧、誸、謫、曉、捷、鬼，慧也。」「虔」、「謾」、「黠」，「儇」、「譎」、「慧」、「捷」、「鬼」均見於揚雄《方言》。在今天看，「黠」、「憭」（明了）、「曉」不是方言，而「鬼」還是方言。所以，一般地說：「詁」爲「故言」，即古時通語與古時方言。黃侃釋爲「本來之謂」，意卽謂是古時雅言（通語）與方言，皆文獻中本來使用的詞語。

在《爾雅》、《廣雅》裏，〈釋訓〉是列爲第三篇的。以《廣雅》爲例，第一條是：「顯顯、察察，著也。」「顯顯」是迭詞（古稱爲重言）；後面又有「怵愓，恐懼也」，「潢潒，浩盪也」，這是聯綿詞（古稱「謰語」）。馬瑞辰說：「重言則爲訓」，就是根據此類言之的。

《爾雅》並不只此兩篇，它還有〈釋言〉（第二篇）、〈釋親〉（第四篇，以下類推）、〈釋宮〉、〈釋器〉、〈釋樂〉、〈釋天〉、〈釋地〉、〈釋丘〉、〈釋山〉、〈釋水〉、〈釋草〉、〈釋木〉、〈釋蟲〉、〈釋魚〉、〈釋鳥〉、〈釋獸〉、〈釋畜〉。因此，講訓詁當不僅指前兩類，而應該把這些詞語都包括在內，這些詞語也有古今方俗之殊。孔穎達云：「〈釋言〉則〈釋詁〉之別；〈釋親〉以下，皆指體而釋其別，亦是訓詁之義。故言詁、訓，是總衆篇之目」（《毛詩正義》）。孔穎達的意思是說：「訓詁」只是就這十九個被釋的各類詞語中，任舉兩字，以偏概全，因之，訓詁卽一切詞語（一般詞語與專科詞語）的代稱。

這裏還有個問題要講明一下，從《爾雅》「釋詁」、「釋訓」看，皆動賓結構，「詁」與「訓」皆爲名詞。馬瑞辰等人也是這樣看的。但《毛詩》的「故訓傳」就可以有不同的解釋：

1.「故訓」讀作一個詞，與我們講的「故訓」（古代解說）一樣；但從「魯故」、「齊故」比例來看，「故」就不是定語。

2.是「故」同「詁」，「故訓傳」包括「故」、「訓」、「傳」三種。如果「傳」是「述經之大義」，則「訓詁」卽釋字詞之本義或引申、比喻義（馬瑞辰稱爲「比興」）。考《漢書・儒林傳》：「訓詁通大義」，正與此合。還有人認爲，「詁」是通異言，卽以「今字釋古字，雅言釋方言」，古時叫作「代語」的方法；而「訓」則是說字義，是以數字說明一字的義蘊，卽古人稱之爲「義界」的方法。

3.又按許沖〈上說文表〉中說：「〔許〕愼博問通人，考之于〔賈〕逵，作《說文解字》，六藝羣書之詁皆訓其意。」這裏的「詁」是名詞，「訓」是動詞，則「訓詁」是動賓結構。按《爾雅・釋詁》：「訓，道也」，鄭玄《周禮注》：「道，說也；道猶言也。」孔穎達說：「道物之貌以告人」，也是把「訓」理解爲動詞的。後世使用「訓詁」一詞，當本此義。孔穎達說它是「注釋之別名」，是有道理的。

第二節　訓詁與傳注

訓詁書的類型，一是字典、詞典式的「字滙」，如《爾雅》、《廣雅》是，《說文》、

《玉篇》、《廣韻》亦當屬此類（見附錄：古代辭書簡說）。另一是傳注式的，即專爲某一書作注，如《毛詩故訓傳》即是。

傳注與訓詁書的共同點在於兩者皆搜集和保存故訓；其不同點是，訓詁書「博習古文，通其轉注、假借」（馬瑞辰語），即訓釋對象不限於某一書，像《爾雅》「採諸書訓詁名物之同異，以廣見聞，實自爲一書」（《四庫全書總目提要》）；而傳注則以一書爲主，隨文釋義，除訓釋詞義外，還「離章斷句」，就文義略加串講。

然而，嚴肅認眞的傳注，其中對詞語的解釋也就是「字滙」的依據。《說文》、《廣雅》、《玉篇》、《廣韻》即多網羅傳注中的故訓；清人的《爾雅正義》、《爾雅義疏》、《廣雅疏證》、《方言箋疏》等書，亦大量地吸取傳注中的成果；《經籍籑詁》更是較大規模地採輯經史諸書中的詞義訓說而「會最成篇」的。講明白些，即把傳注書中的一些解釋集合起來就成了字典式的訓詁書。

傳注中訓釋也未必盡當，但有些傳注的作者時代較早，對於古音古義知道得比後人清楚；另一些傳注，作者時代可能較晚，但他博極羣書，掌握的資料多，又能認眞考覈，所以他的解釋也能使人憑信，當然，這不是說古代傳注中沒有錯誤，即使《毛傳》、《鄭箋》，訛誤也在所難免。但是，其中注釋正確的畢竟還多；而且，即便是注誤了的，也說明這個字在古代曾有過這樣一種解釋，對他篇或他書也許正是恰當的；反之，他處某一注釋，對此篇中之某一語義也許又正是恰當的。例如，聞一多在解釋《詩經》的「素絲五總」時，糾正《毛傳》誤訓，但所引用的又正是《毛傳》的〈甫田〉、〈九罭〉兩篇中的解釋。這就說明：傳注中的訓義，是可以供我們選用的。

對於「前人傳注之未安者」，既須「博考前訓」，將其糾正，而要「博考前訓」，又必須先讀懂它。王引之曾指出：《詩・甘棠》「勿剪勿拜」，《鄭箋》訓「拜」爲「拔」，「後人不從，而不知『拜』與『拔』，聲近而義同也。」可見鄭箋並未誤。王引之要人們「取古人之傳注，而得其聲音之理，以知其所以然」，這對我們使用古書傳注是很有啓發的。

至於淸代及近、現代學者所作的一些新注、新疏和一些讀書札記，在字詞訓釋上有許多精到之見，這些成果，我們尤應充分吸收。

第三節　實用與理論

上面說的訓詁與傳注，皆指對古代文獻中的語言作出解釋，即訓詁的實用方面。此外，還有理論方面。

沈兼士說：

竊以爲訓詁之學，具有實用與理論兩端。乾嘉學者所謂《說文》爲體，《爾雅》、

《方言》、《釋名》為用，此含糊之說，未足為準也。蓋《爾雅》之釋字義，《方言》之辨語音，對象雖異，要皆為客觀之記錄，此近於實用者也。《釋名》循名責實，論敍指歸，為主觀之推求，此近於理論者也。《說文》則二者兼之，顧所說解只據字形以明取象之由，不謂言語之初含義即爾也。後來字書，率皆本《說文》之部居，襲《爾雅》之記述，雖段氏注疏《說文》，揭櫫本義，朱氏《通訓定聲》，特標聲訓，要皆未能達於理論訓詁之境界，於文字聲義流轉之體勢，猶不足示諸檃括也。獨王氏《廣雅疏證》，貫穿該洽，賾而不亂，或許之如入桃源仙境，窈窕幽曲，繼則豁然開朗，土地平曠，可謂妙喻。惜乎未嘗紬繹之，絜矩之，著為通論，明喻後學以范疇也。（《小學金石論叢序》）

黃侃說：

詁，故也，即本來之謂；訓者，順也，即引申之謂，訓詁者，用語言解釋語言之謂。若以此地之語釋彼地之語，或以今時之語釋昔時之語，雖屬訓詁之所有事，而非構成之原理。真正之訓詁學，旣以語言解釋語言，初無時地之限域；且論其法式，明其義例，以求語言文字之系統與根源，是也。（黃耀先《訓詁叢說》引）

黃侃說的「論其法式，明其義例，以求語言文字之系統與根源」，即沈氏所說的「理論訓詁」方面。如清代樸學家探尋出來的關於文字、音韻的規律及王念孫、段玉裁的「因形求義」、「因音求義」以及比較、歸納等方法。近代學人關於語源、字族的研究，都是有理論性質的。這些理論是從實用中總結出來，同時，也對實用有着指導意義。但是，

1.前人總結的某些理論，還須認眞研究，分別吸收與揚棄，如某些學者所強調的「形聲字聲中有義」這一條，有一定道理，但也並非所有的字皆是如此。因此，既應知道它並恰當地運用它，但又不能濫用。

2.既應注意規律，同時還應注意前人的運用之妙，如段、王的「因聲求義」，這是理論，但如僅僅知此名目，還是不會運用的，甚至還會亂用；必須熟悉《廣雅疏證》、《說文解字注》、《經義述聞》等書，從他們論證的過程中，看他們怎樣運用規律以博證旁通，然後才能心領神會。

3.不論理論與實用，歸根結底，是爲了解決古文獻中一些語言上的疑難，替閱讀古書、注釋古書、講解古書掃除障礙，以便於我們批判地繼承民族文化遺產。因此，在講訓詁時，不能以介紹知識爲滿足，還須着眼於應用規律來解決問題的能力，使青年同志不僅能夠利用前人訓詁成果，並且能夠推陳出新，有所前進。

4 訓詁學在我國有二千餘年之歷史。綜覽訓詁發展的歷史，可以從中取得有益的借鑒，這種借鑒，自當包括經驗與教訓兩個方面。

第四節　訓詁的歷史與經驗

我國大約有六千年的文明史，漢字也有五、六千年的歷史。在殷商時就已「有典有册」，自是以後，文獻日繁，因而，作爲文獻語言學的訓詁，也就應運而生。我們回顧訓詁的發展過程，既看到「自始卽與歐洲的語文學不同，它不是爲宗教教義服務的」，而是有着實事求是的優良傳統的（方孝岳語，見《學術月刊》一九六四年第五期）；同時也看到：它確曾長期處於「經學附庸」的地位，也就不可避免地存在着一些弊病，往往糟粕與精華、經驗與教訓混在一起，卽使是一些比較有效的方法，其中也有不可迷信之處，更不應有任何門戶之見（參見王力《新訓詁學》）。

爲了敍述的方便，分爲幾個時期介紹：

一、先秦時期

可以設想，有了文字，便應該有教人識字的人；有了典册，便應有教人讀書的人（當然不一定以教字、教書爲職業）。在殷墟卜辭中，有練習字的干支表。既有練習字的人，就一定有教的人，教的人對字義總要有點解說。《周禮》有「八歲入小學，保氏教以六書」的記錄。「小學」、「六書」等名稱即本於此。《周禮》一書，無論眞僞，畢竟是西漢已有的書，至少是戰國時人據所聞殷周舊習並結合當時人的硏究而編成的。

春秋之末，孔子以《詩》、《書》等爲教材，對《詩》還強調「多識於鳥獸草木之名」，則敎時必有訓釋。當時可能僅憑「口耳相傳」，後來漸有人「著之竹帛」。東漢徐防說：「《詩》、《書》、《禮》、《樂》，定自仲尼。發明章句，始於子夏」（《後漢書・徐防傳》）。《易傳》、《喪服傳》，雖未必即出於子夏之手，但認爲孔門之傳已有訓詁，則理應可信。它如《國語・周語》載單襄公言：「吾聞之《泰誓故》」，《荀子・大略》言及〈國風〉之「傳」，《史記・伯夷列傳》引「佚詩傳」，〈孔子世家〉稱「孔子序書傳」，亦是春秋前後已有傳注之證（章太炎所舉《墨子》、《孟子》中說到的《傳》，可能是傳記之「傳」，很難肯定其爲傳注）。至《管子》之〈牧民解〉、〈立政解〉……，《韓非子》之〈解老〉、〈喩老〉，《墨子》之〈經說〉，則是戰國以後訓詁之作。作爲歷史經驗來說，値得注意的主要有以下幾點：

形訓、聲訓、義訓各種方法之萌芽

形訓　《左傳》上有「止戈爲武」、「反正爲乏」等；《國語》有「人三爲衆，獸三爲羣，女三爲粲」；《韓非子》亦有「自環爲私，背私爲公」。應該指出：古人這樣講，原意只在於借此來爲自己的理論或主張作證據，目的並非在於解字，所據旣非字之初文，所解亦未必盡合於本義。但借此可以看出當時有此一解，有此一法。

聲訓　如《論語》：「政者，正也。」《荀子》：「君者，羣也。」《孟子》：「庠者，養也；序者，射也。」皆以同音字或聲近之字相訓，爲漢代《釋名》與《說文》等使用聲訓開了先河。

義訓　《左傳》中，如「師，一宿爲舍，再宿爲信，過信爲次。」《論語》中把「恕」解爲「己所不欲，勿施於人」。《公羊傳》：「京師者何?天子之居也。京者何?大也。師者何?衆也。天子之居必以重大之辭言也。」《穀梁傳》：「路寢者，正寢也。」這些皆保存了古訓，提示了訓釋方式。

以今語釋古語，或以通語與方言相訓釋

如《孟子》：「《書》曰：『洚水警予』。洚水者，洪水也。」即以今言釋古言；而《左傳》：「楚人謂乳，穀；謂虎，於菟。」則是以通語釋方言；還有《公羊傳》：「焚咸丘。焚之者何?樵之也。」何休注：「樵之，齊人語。」又是以本地土語來解釋通語。

詞義解釋得準確簡明

其言簡義賅者，如《孟子》：「老而無妻曰鰥，老而無夫曰寡，老而無子曰獨，幼而無父曰孤。」王力認爲，即使今人訓釋，也無以易之。又如《墨子》對「夢」字的解釋爲「臥而以爲然」，在當時，這是唯物的解釋。

注意詞義的通別與反訓

如《孟子》：「夏有校，殷曰庠，周曰序。學則三代共之。」雖所解未必確當事實，但就方法說，它已注意到詞義的「通」與「別」。再如《墨子．經上》：「已，成；亡。」《說文》舉例說：「爲衣，成也；治病，亡也。」可見當時已看到一字之中，包含有相反的兩義，卽所謂「相反同根」，爲後世「反訓」之始。

諸子關於「名」的理論

如《荀子．正名》指出，「名」是「約定俗成」的。又指出「制名指實」要辨別同異，「使異實者莫不異名」，並把「名」區別爲「共名」與「別名」。它說：「物也者，大共名也，推而共之，至於無共而後止」，「鳥獸者，大別名也，推而別之，至於無別而後止。」而《墨子》則將「名」分爲「達」、「類」、「私」（章太炎舉例說：「騏、騂、騧、驪爲私，馬爲類，畜爲達，獸爲達，物爲共」）。《荀子》又云：「單足以喻則單，單不足以喻則兼。」（章太炎謂：「人、馬、木、繩，單矣。師、駟、林、綱，兼矣。」劉師培謂：「如馬爲單名，而野馬、白馬則爲兼名。」這些見解，對訓詁理論都是很有助益的。

當然，這只能是訓詁的萌芽期，因爲無論就訓詁書和傳注來說，都還沒有大型專著出現（《爾雅》成書可能在漢初）。我認爲，只有《毛詩故訓傳》及《爾雅》、《方言》、《說文》、《釋名》等先後出現後，訓詁的基礎才奠定下來。

二、兩漢三國

訓詁之學，過去被稱爲「漢學」，那是因爲《爾雅》、《方言》、《說文》、《釋名》等關於字義、詞源專著在這一時期先後編成的緣故。《爾雅》一向被認爲「訓詁之鼻祖」。它的成書時間，頗有爭議，但不會遲於漢初。因爲趙岐《孟子注》中說，《爾雅》在漢文帝時曾立於學官。我所以認定兩漢三國是訓詁學的奠基時期，是因爲這一時期中，不僅傳注之書甚多，而且有各種形式的字滙式的訓詁專著；各種釋義與注音方法，基本上都已出現；古文家的「訓詁通大義」與「博採通人」，「不知則缺」，更奠定了訓詁學上的「實事求是」的優良傳統。當然，也存在着一些問題。

總括這一時期的經驗教訓，約有下列幾點：

1.《爾雅》、《方言》、《說文》、《釋名》諸書，以今語釋古語，以雅言釋方言，一般比較實事求是。《說文》對「恑更正文，向壁虛造」即歪曲詞源的錯誤說法，還注意糾正。

2.《爾雅》、《方言》用分類與同義歸納的方式，《說文》用「據形繫聯」的方式，爲詞典編纂創立了典範，特別是《說文》的部首分類法，一直沿用至今。《爾雅》又是同義詞詞典和百科詞典，《方言》爲方言詞典，《通俗文》則是俗語詞典，《釋名》爲語源詞典，

《倉頡篇》及揚雄、杜林兩家之《倉頡訓纂》爲常用字字典。此外，還有《古今字》爲字體專書。這些詞典的出現，使得我國語文詞典很早就豐富多采。

3.《說文》就字形分析說明字義，主要用形訓方法（間或也用音訓）；《釋名》專用音訓；《爾雅》、《方言》等書則着重義訓。在釋義中，「代言」與「義界」並用；有的書注意了「類中求別」與描寫等方法。在注音方面，先用「讀如」，到漢末便開始使用反切。

4.傳注之書，自以經部爲多，但史部的《國語》、《國策》，子部的《孟子》、《呂氏春秋》，集部的《楚辭》等亦皆有注釋，有的還不止一種。傳注書的名目很多，大而別之：其一爲章句。「章句者，經師指括其文，敷暢其義，以相教授」（沈欽韓說）。它發揮了微言大義，大概像後來經筵「講義」一樣，所以東漢時「通人惡煩，羞學章句」。但作爲一種注釋形式，它主要是在解釋字詞外，還講說句意與歸結段意，如趙岐《孟子章句》。其二爲詁傳。詁以解詞爲主，也分析句讀；傳以「傳人事」（交代史實）爲主，也闡述「大義」。從《漢書．藝文志》看，西漢時，故（詁）與傳之分尚嚴；後世則傳、注、詁……，皆無區別，如宋朱熹的《楚辭集注》與《詩集傳》，體例上並無不同。清人作新疏，或稱「詁」，或稱「注疏」，或稱「訓纂」，實皆無別。其三爲「說」、「微」、「通」、「條例」，大多側重詮明全書之大義，略似後世之通論。但後世也有用「微」、「說」指箋注的。這些書，或者正音讀（如某字讀若某字，某字當作某字），或援據古文（如「古文」、「籀文」

或別本異文），對詞義，既注意詞的本義，也講引申義、比喻義，還注意結合上下文，隨文作釋。

5.兩漢經師，大多注重「家法」，「篤信師說」，因之，師師相傳，較有根據。但今文家「務碎義逃難，便辭巧說，破碎形體，說五字〔粤若稽古帝〕之文至於二、三萬言」（《漢書・藝文志》），且附會陰陽五行之說，雜以讖緯。古文家「主張訓詁通大義，所以沒有煩瑣的毛病」（范文瀾《經學史演講錄》）。但古文家畢竟也是經學家，在解說詞義時，也不免摻入封建說教，如許愼《說文》也把「一」字解爲：「唯初太極，道立於一，造分天地，化成萬物」，只不過比今文家較少穿鑿而已。

綜上所述，可見漢代學者在訓詁方面給我們留下了豐富的遺產，在古書注釋與詞書編纂方面都提供了一些很好的經驗。但那時，訓詁畢竟是經學的附庸，拘泥墨守，煩瑣穿鑿等弊病，亦在所難免。

三、魏晉至唐

這是訓詁學史上一個轉變時期，正如范文瀾說的，漢代經學家「只講訓詁，不講義理；魏晉的玄學家不僅講訓詁，也講義理（指玄學）。」說魏晉人也講「訓詁」，是指在詞語解釋上還尊重許、鄭的故訓，特別是玄學家以外，有不少從事文字、訓詁的人；但解經的人如杜預、范寧不像漢儒那樣講「家法」、「師法」，較少門戶之見，故能兼採前人之長，特別是不信讖緯，「則讖在漢師上」（《國故論衡中》）。六朝時，北方用鄭學，故被稱爲「北學深蕪，窮其枝葉」；南方雜入玄學，「演空理而遺實詁」，故被稱爲「簡約」。唐人編定《五經正義》（卽「疏」），以南學爲主，兼採北學，帶有總結的性質。它守着一條「疏不破注」的規矩，因而無多新義，但還保存了一些故訓，故到今天還有參考價值。

這時期中，傳注的範圍也有擴大。歷史、地理、天算、醫藥、哲理、佛經諸書皆有注釋，值得注意的是：

1. 在注中補充史實（如《三國志注》與《水經注》）。
2. 發揮義理（如郭象《莊子注》）。
3. 注意名物（如《爾雅草木鳥獸蟲魚疏》）。
4. 滙集衆說或網羅異文（如顏師古注《漢書》，陸德明《經典釋文》）。

在傳注體之外，這一時期新出的訓詁著作也很多，特別是郭璞的《爾雅注》、《方言注》，把《爾雅》與《方言》互證，又以當時方言與漢代方言相較，指出自漢至晉的語義變化（參見王國維《觀堂集林・書爾雅郭注》）。這是很有意義的事。魏晉時，張揖作《廣雅》與《古今字詁》，呂忱作《字林》。《廣雅》是《爾雅》的增廣（見附錄）。《古今字詁》也注意「辨別文字的形體」（馬敍倫語）。《字林》「附托許愼《說文》」，在唐代曾與《說文》並行。直至南北朝，諸家大抵「憑《說文》爲本」，但也「時復有異」，如北魏陽承慶解「窳」字，說：「懶人不能自起，瓜瓠在地下不能自立，故字從瓜。又懶人恒在室中，故字從穴。」顯屬望文生義，穿鑿附會。北魏江式寫了《古今文字》四十卷，惜與《古今字詁》、《字林》一樣，皆已佚。梁顧野王的《玉篇》，修訂《說文》部首，又增加了舉例，至今爲文字、訓詁學中之要籍。

這一時期，還特別重視常用字、俗字、難字的詁釋及誤字的辨正。張揖有《難字》、《錯誤字》，葛洪有《要用字苑》，殷仲堪有《常用字訓》，李少通有《文字辨嫌》、《異字同音》，戴規有《辨字》，顏之推有《訓詁文字略》、《證俗音字略》，還有《開元文字音義》。現從敦煌發現的有《俗務要名林》、《碎金》。這是因爲漢魏以來隸書破壞篆形、草書破壞隸書，草書變動既易，楷書（正書、章程書）異形亦多。書法家既「改易字體」，抄手們也「貪省愛異」，以致「一」、「八」相似，「十」、「小」不分，「前」上爲「草」，「能」旁作「去」，「惡」上安「西」，「學」省爲「　」……，此外，還造出了許多新字（凹、凸、嬲、甦、影、花等）。碑刻、抄本中更有許多訛字、別字、訛體、別體、簡字、俗字。隋唐搞「字樣」，意在斟酌雅俗，是正文字。顏元孫《干祿字書》說：「若總據《說文》，便下筆多礙；當去泰去甚，使輕重合宜。」從歷史上看，這是繼秦始皇以後又一次統一文字運動。這些訓詁書，爲文字統一做了有益的貢獻。

當時，詞彙方面也有很大發展。一是國內各民族大融合，國外交往較頻繁，特別是佛經的翻譯與傳播，許多梵語詞彙進入漢語；二是許多單音詞經過魏晉六期，到唐已幾乎變成「無語不複」。因此，這一時期中，出現了《朝鮮語》、《鮮卑語》、《扶南胡語》、《外國書》及《一切經音義》等等。而《一切經音義》中卽多爲多音詞，如「罣礙」、「欄楯」、「羣萌」、「園圃」、「醒悟」，不可勝數。

特別值得注意的是：韻學的講明與韻書的編集。相傳反切始於孫炎（近人有謂服虔已經使用，但兩人相去亦只幾十年）。有了反切，注音方便多了。晉李登《聲類》是公認的第一部韻書。此後出現了很多韻集。到隋朝，便有陸法言等的《切韻》。它不僅保存了中古語音資料，而且也爲推定上古音提供途徑。訓詁方法之一是因音求義，所以韻學的講明，對訓詁的發展關係是很大的。韻書也保存故訓，實亦詞書；且用「同音類聚」，無異於「同音字典」，這又爲詞典編纂開創了一個新形式。

綜上所述，魏晉至唐，擴大了訓詁範圍，且不拘於漢代經學家的「師法」，有的人也不相信《說文》。李陽冰的解字，便多「排斥許氏，自爲臆說」（徐鉉《進說文表》）。如謂：「父之弟爲尗，從上小，言其尊行居上而已小也」，「午，五月筍成，竹之半枝也」，尤見穿鑿。五代徐鉉、徐鍇比較重視《說文》，但「增入會意之訓，大半穿鑿附會，王荆公《字說》蓋濫觴於此」（錢大昕語）。

四、宋、元、明

宋、元、明是宋學極盛時期。學者空言義理，士子迷溺制藝（八股），很少有人講訓詁。但是，宋朝有些人在注釋古書時，注意神理，玩味語氣，力求文義貫通，比之唐人「釋詞忘義」似有進步之處。至於他們穿鑿附會，虛誕武斷，則是應當引以爲戒的。此外，對訓詁有影響的是：

1. 古音學

南宋吳棫第一個提出這個問題。至明，陳第作《毛詩古音考》，「排比經文，參證羣籍，……以探古音之源」，並列舉旁證，「以經證經」。這種排比、歸納的方法爲清代古音學開了門徑，也就爲訓詁的發展準備了條件。

2. 文字學

在過去的漢學家看來，宋、元與明代一樣應該是文字學的衰落時代；但唐蘭卻認爲「宋代是文字學的中興時期」，他指出，當時「主要進步有二：一是古文字材料的蒐集和研究；二是文字構成的理論和六書的研究。」主要是想由古文字來推求文字的原始，但當時材料不多，方法亦不完善，特別是他們拋開《說文》來另搞一套，路子也難對頭。然而，宋呂大臨的《考古圖釋文》，畢竟是古文字學裏的第一部書；元代的《六書說》、《六書故》等，有時也提出一些可取之見（如《六書故》謂「壴」象鼓形，鼓象擊鼓）。

3.王聖美（子韶）的右文說

它的意思是形聲字的聲旁「聲中有義」（見《夢溪筆談》）。近代楊樹達、沈兼士皆力主其說；唐蘭也認爲它是「訓詁學裏一個很重要的法則」；王力不承認這一條，但也承認有不少字確實如此。

還有王安石一派，把一切文字都按「會意」一種方法拆開解釋。如《埤雅》引《字說》：「蝮觸之則復，其害人也，人亦復焉」，「蟘食苗葉，無傷於實，若蟘可貸也」，「蜮，不可得也，故或之」，他有點像劉熙，有意「推論稱名辨物之由」，但多出臆測，不免穿鑿，當時已被劉攽、蘇軾譏笑，張有也與之論字不合。但他讀書多，附會巧，如說「人爲之爲僞」，「位者人之所立」，亦非無見，「在學術上也很表顯他的革命意志」（馬敍倫語），且有較大影響。他的學生陸佃著有《爾雅新義》及《埤雅》。《埤雅》中亦有附會無稽之處，但援引古書甚多，還「喜採俗說」，如「蝍蛆」下云：「今俗謂之百足」，「蟋蟀」下云：「一名蛬，一名促織。語曰：『促織鳴，懶婦驚』。」「蠶」下記載「今俗飼蠶」種類。就訓詁言，它意圖把古書中涉及的語詞綜貫起來進行研究，這種方法值得注意。鄭樵、羅願也是受到王安石影響的人。鄭樵《通志》中有〈六書略〉，有些很有創造性的意見。他對許愼的態度是「是者從之，違者非之」。羅願著《爾雅翼》說：「研究動植，不爲因循，有不解者，謀及芻薪，農圃以爲師，釣弋是親，用相參伍，必得其眞。」王應麟亦稱其「覽故考新」；但「以鶉爲淳，以鳩爲九」，未脫王氏《字說》之習。

元、明人在訓詁方面著作無多，唯明朱謀㙔編了一部《駢雅》，把古書上的聯綿詞、駢詞進行了歸納，雖選擇未精，網羅未博，但畢竟開創了一種詞書形式。

總之，自宋至元，經學上講義理輕訓詁；搞文字訓詁學的人，也想從《爾雅》、《說文》之外另搞一套。因此，沒有能在漢、唐的基礎上取得更大的進展；但在文字、音韻方面也爲清代訓詁學者做了某些準備工作，我們對之不應一概抹殺，卽王聖美、王安石、鄭樵的意見也有可供研究之處。

五、清及現代

訓詁在清代盛極一時，不特各類古書有多種注本，而且文字、音韻各成專門；《說文》亦以一部書成爲一門學問（許學）；訓詁方法也有很大的進展。近幾十年來，訓詁上更有許多新的成就。細析之，可以分爲四個階段：

1.早在清初，顧炎武等人提倡「好古敏求」，「博學於文」，標榜「漢學」，以反對宋、明理學家的「空虛」，從而學風開始一變。他們的目的在於「經世致用」，但手段卻在「通經」，因而治學的重點自然也就放在文字、訓詁方面。明末清初時，方以智《通雅》講求古文字、音韻、方言（《諺原》），已有溝通文字、音韻、訓詁的趨向。吳穎芳的《說文解字理董》也採取到金文。黃生《字詁》較早地使用了「因音求義」的方法。顧炎武、李因篤的研究古音，閻若璩的辨僞，對後來的影響亦較大。

2.乾隆、嘉慶時期，漢學極盛。一些學者背離清初諸老「經世致用」的道路，逐漸走向繁瑣；但他們把文字、音韻、校讎、版本，分門別類，進行研究；辨僞、輯佚，在搜集資料、鑒別資料上，也取得了一定的成績。這些也就爲訓詁的發展提供了前提。其時，「吳」、「皖」兩派先後並起。「吳派」篤信漢人舊訓，有時未免拘泥，但他們廣泛地搜輯漢、唐故訓（如《易漢學》、《古經解鈎沉》等書），爲訓詁提供了大量資料。「皖派」與「吳派」有些不同，他們「綜形名，任裁斷」（章太炎語），卽雖也尊重漢人故訓，但又能分別去取，有所糾正與補充；有的還能歸納分析，探尋規律。這時，特別値得注意的是：

(1)戴震、孔廣森、錢大昕、王念孫、段玉裁等人對古音的研究，基本上搞清楚了古音聲類、韻部、陰陽對轉（以後雖「後出轉精」，但出入不太大）。

(2)王念孫、段玉裁把音韻文字的理論與規律用到訓詁中。段玉裁的今音、古音、今形、古形、今義、古義「六者互相求」，王念孫的「就古音以求古義」，「不限形體」，使小學之內容一變。

(3)段玉裁、桂馥、王筠、朱駿聲關於《說文》之研究，特別是朱駿聲對詞義引申（他稱爲「轉注」）的推求，在訓詁上意義很大。

(4)戴、王及阮元、盧文弨等人把訓詁與校讎聯繫起來，從而使訓詁方法增一新徑。許多輯佚、校讎、辨僞的成果也直接有利於訓詁。

(5)王引之在虛詞方面運用綜合比較的方法，「揆之本文而協，驗之他卷而通，雖舊說所無，可以心知其意者也」（〈經傳釋詞序〉）。後人對詩、詞、曲、小說詞語的研究，多採此法。

(6)戴、段及焦循等對哲學概念的唯物解釋，戴及程瑤田、金榜、凌廷堪等人對天文、地理、名物制度的考覈，爲古書訓釋提供了有利條件。

3. 道光、咸豐以後，迄於淸末。一方面是皖派的延續，其中特別是：

(1)吳大澂、孫詒讓對古文字的硏究，即從金文、甲骨文探索原始文字之眞相，以與《說文》相證發，給文字、訓詁學開了一條新路。

(2)俞樾的《古書疑義舉例》，指出古人用詞、造句、修辭的特殊處，指出古書文字訛誤的原因，對王念孫、王引之在訓詁上所用方法，作了帶有規律性的總結，給學者提示了門徑。

另一方面是：

(1)「今文學派」興起，他們強調經世致用，發揮微言大義。

(2)有些人注書不拘前人成說，而玩味文理，「以意逆志」。如方玉潤《詩經原始》即如此。這對後來注釋古書的人，頗有影響，但也容易產生臆說的流弊。

(3)這一時期，對西北地理與遼、金、元史的研究，成績較大，也爲某些詞語的訓釋，提供有利條件。

(4)這一時期中，新出古書注本很多，特別是補注（如王先謙《漢書補注》）、集解（如孫希旦《禮記集解》）多帶有總結的性質。

4.近世數十年間，繼吳、孫之後，又值卜辭及其他古物大量出土，古文字的研究，成績很大。特別是王國維、郭沫若、聞一多、楊樹達、于省吾用研究所得，解說詞義，每多創獲。與此同時，隨着西洋音理的輸入，對音韻的研究，也後出轉精。有些人運用這些成果來研究語史，爲訓詁開一新徑。語源、字族的探索，並以方言與古書音義相印證，做到「巧扨不違」（沈兼士評章太炎語）；馬敍倫說：「直到章炳麟做了一部《新方言》，才算走上語言學的路」（《馬敍倫學術論文集》）。但是，如非博極羣書，持以矜愼，也有臆說之危險。馬列主義在中國的傳播，使研究工作有了正確的指導思想與科學的方法，訓詁與其他科學一樣，面目爲之一新。

清代至今，訓詁上的成就很大，經驗也很多，上面所說，難免掛漏。撮其要點，足爲我們借鑒者，主要應有以下幾點：

(1)義理、考據、詞章三者合一。這本是戴東原提出的，但我們覺得可以重新解釋一下，即：義理指指導思想；考據指名物制度的考覈與校讎、辨僞、輯佚工作，亦即資料的搜集與鑑別功夫；詞章指語法、修辭邏輯，即領會古人的文理與語氣。

(2)文字、音韻、訓詁的聯繫，特別是以甲骨文、金文與《說文》、《爾雅》等相參證，以現代方言、古書音義與《說文》等相參證。

(3)規律之探尋與範圍之擴大。前者即我們前面說的由「實用」到「理論」，後者謂使訓詁脫離「經學附庸」的地位而向文獻語言學發展。

第二講 訓詁與文字、音韻

錢大昕說：「有聲音而後有文字，有文字而後有訓詁」（《經籍纂詁・序》）。這句話點明了文字、音韻和訓詁三者之間的密切關係。段玉裁也說：「古人之制字，有義而後有音，有音而後有形；學者之考字，因形以得音，因音以得其義」（《廣雅疏證・序》）。這更爲我們提示了訓詁的途徑。

訓詁與文字、音韻的關係是由漢字的構造方法決定的。馬敍倫說：「昔人分析我國文字之構造方法爲象形、指事、會意、形聲、轉注、假借六種，其實只是形與聲兩系。」所以講訓詁總是要通過字形與字音來探尋字義的，其道理卽在於此。現在先就訓詁與文字形體有關的幾點分述如下。

第一節　訓詁與文字形體

一、字義與字形

講訓詁，講詞源，前人每每注意尋找字的本義。字的本義從何探索呢？前人都根據《說文》，把《說文》上的解釋認作本義，通常稱為「說文本義」。現在學者都認識到《說文》憑藉小篆，既非原始字形，其解釋亦不盡與字的本義相符。這些解釋中，有些是對的，有的則是引申義，有的竟是臆說或誤解。但《說文》所用的「偏旁分析」方法仍是可取的。于省吾說，「某些古文字的音與義」，雖「或一時不可確知，然其字形則為確切不移的客觀存在，因而字形是我們實事求是地進行研究的唯一基礎」（《甲骨文字釋林》）。這話是有道理的。

字形之所以成為考求音義的唯一基礎，是由漢字的構造方法決定的。

漢字始於指事、象形。一個字就是一個讀音、一個含義。如「萬」，畫的是蝎子形，音讀為「万」，本義指蝎子；「象」畫的就是大象；「牛」就是牛；「羊」就是羊，簡化了仍保持長尾巴、長鼻子、兩隻角等特徵，即許慎所謂「畫成其物，隨體詰屈」的象形字。人們見其形卽可以讀出其音並知道其義。另一類如「上」和「下」或「刃」、「亡」（「芒」的本字）、「亦」（「腋」的本字），亦皆「視而可識，察（細看一下）而見義」，這是指事字。還有一類，如合「日」、「月」爲「明」，或「月」照「囧」（窗）上爲「明」；或用□表示城邑，在□四面各畫一足（）便成「圍」字，這是許愼說的：「比類合誼，以見指撝」的會意字。這些皆可從字形而推想其音、義。象形本於圖畫，指事本於符號，但指事會意也有圖形的意思，如：口中含有一物爲「甘」（「含」之本字，指事字），也可以說成像口中含物之形；「有」字以手持肉（會意字），也可說是像人持肉之形；「企」字从人从止（趾），是會意字，但也可以說是像人跂立之形。故唐蘭把象形、指事、會意三者合併成「象形」和「象意」兩種；而陳夢家則統稱之爲「象形」；馬敍倫也說：「其實象形、指事、會意皆象形也。」總之，對這種字，我們是通過其形體而了解其音、義的。

三者之外，還有形聲字。

許愼說：「以事爲名，取譬相成，江河是也。」段玉裁注曰：「其字，半主義，半主聲。」孔廣森說：「偏旁謂之形，所以讀之謂之聲。」通常我們把形聲字的「主義」部分稱爲形旁（或義符），把「主聲」的部分稱爲聲旁（或音符）。應該指出：無論形旁或聲旁，原也是廣義的象形（卽象形或指事或會意）字。換言之，卽形聲字是由兩個象形字組成的，一個用來表示意義範圍（形旁），一個用來表示聲音（有的聲中有義）。如：「祺，祭也，从示，某聲」；「嘽，喘息也，一曰喜也，从口，單聲。」既然它的偏旁都是象形字，我們也就可以從它的形旁或聲旁所從之字而推定它的音、義。

至於「六書」中「轉注」、「假借」兩者，戴震、段玉裁都認爲是用字之法。馬敍倫不同意這一說法，但就馬敍倫說的「轉注字」，基本上也是以「形聲」方法構成的，所以仍可以與形聲字一例推求。假借字，則首先就字形以知字音，然後再由字音，推知其假作某字。可見，因形求義，特別是在探求本義時，是必要的途徑。

二、今形與古形

段玉裁指出：字「有古形，有今形」，由今形求得古形，然後才能由古形而求得本義。段氏所講的古形主要指《說文》所依據的小篆。現在，事實證明：甲骨文、金文早在小篆前，把它們與小篆相較，其中有些字形並未變化，或變化不大，故《說文》解釋亦不誤。如「亦」，《說文》：「，人之臂亦（腋）也。从大（即「人」字），象兩亦之形。」「八」指兩腋之處。「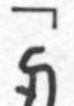」字：《說文》：「刃，刀堅也，象刀有刃之形。」「鬲」字：甲骨文作，金文作、（加義符「金」）、（加義符「羊」），小篆作。「雨」：甲骨文作，金文作，小篆作，均合「天」與「雨」點之形。這些是變化不大的。

另外，有些字則變得譌錯很大（譌變），因此，許慎的解說也就不免於誤。如：

「老」：甲文作、，象人老佝背，一說像老人扶杖形，合「老人」與「杖」兩形成字。金文作，小篆作。《說文》據篆形釋爲「从人、毛、匕（化），言鬚髮變白也。」自非其朔（始）。

又如「爲」：甲文作、，金文作，聞一多謂爲象「役象以助勞」，從手（或爪）、从象。《說文》卻誤解爲「母猴」。

又如「导」（得）：甲文作、，金文作、，陶器文字作，皆從手持貝，象有所得。篆文訛變作、，《說文》因而誤以「导」入「見」部，「得」入「彳」部，亦失其朔。

又如「宿」：甲文作，象人在簟上。金文作，篆文作，「宀」示屋內，、即簟之初文。《說文》釋爲「止也，从宀，佰聲。」即由未知初文而誤認爲形聲字。

「隻」（獲）：甲文作，金文作，《說文》：「从手持鳥」，是對的；但說爲「鳥一隻」，則誤以借義爲本義；又把「隻」、「蒦」、「獲」分成三個字，亦非。

又如「庶」字，《說文》解爲「屋下衆也，从广炗」，顯屬望文生訓。其字，甲文作、，于省吾謂：从火从石，以火燃石，以烙烤食物，即「煮」之初文，而「煮」、

「灸」爲後起分化字。

由上所述，可見要研究字的初文、本義，必須溯諸甲、金文字。蓋小篆並非原始文字，其中雖有未曾訛變者，但訛變了的亦很多，據此立說，自不能符合於事實。至於隸書、楷書變得更不象形。王安石據楷書字形講字義，自然要鬧笑話，因此，我們要研究字的本義，首先要以較早的文字爲依據，亦卽要以甲、金文字、六國文字的字形爲依據，要以古文與《說文》相參證。

既要以古文字形體爲依據，因而在分析偏旁時，就必須對古文字構形的某些特點有所了解。

1.文字是從圖畫與符號來的。有些筆畫在甲、金文中還保持符號作用，如「一」代表平面，「×」代表交午，「○」表示突出特徵，「┐」、「⌈」表示力或行動方向，「⊐」表示地方，「土」、「且」和「匕」表示性別，開始是無音無義的（姜亮夫說）。

2.初期意符字的形、音、義每不固定，如「夕」與「月」同形互用，「舟」亦表示「履」形（沈兼士說）。

3.甲骨、金文中，有些字筆畫的簡繁（有的是裝飾性的），偏旁的有無（如「越」字，金文中或不从「走」，又或从「邑」）每不固定。形旁亦每取義可相通的字（如从「干」者或从「戈」，从「止」者或从「足」）；聲旁亦每取音同、音近之字（如「狼」从「良」，亦或从「亡」;「昧」从「未」亦或从「勿」);而象形或取正面或側面(王國維〈釋俎〉),或向左向右(王國維〈釋旬〉),亦皆不必一定。了解了這種情況，便能知道古文獻中有些字形體雖有小異，其實仍是一字。

至於帛書、簡牘、漢唐碑刻、法帖中，偏旁有無或移動(如「駟」寫作「䭈」,「獨」寫作「獸」)以及筆畫增減(如「拜」作「拜」,「甚」作「甚」,「幸」作「㸚」,「疒」與「广」通用)的情況更多，知此也就不會疑詫。

還有兩點特別值得注意:

1.由古文到篆，由篆到隸，字形每多訛變，搞訓詁的人必須熟悉演變情況，才可以判定某字即某字。

2.古人書寫、傳抄時，因古文或篆文或隸書或草書中形近而訛的，必須熟悉各體字形，才知致誤之故。

三、分別文與古今字

文字之發展，由多頭嘗試到約定俗成，有孳乳，有淘汰，就其趨向言，一為趨繁，一為趨簡。由於人類生產之日益發展，生活之日益豐富，文化之日益繁榮，語言之日益嚴密，語音之時地變遷，舊文字不夠使用，自然要增造新文字。字之孳乳，主要由此。其不另製字者，則或依聲托事，借用他字，或由義引申，一字多用。然而，引申、假借的結果，造成一字多義，也不得不在字形上作些區別，常用的方法是增加偏旁，成爲新的形聲字。《說文・序》云：「其後，形聲相益，則謂之字，字者言孳乳而寖多也。」這種增加意味着筆畫增繁，字數增多。

卽使原來已有舊文字，寫字的人不知道它，也會另造一個字；還有一些墨客騷人與民間書法家爲了裝飾美麗，往往改變字的形體，這在漢魏碑版中也是常見的，卽使當代畫家也還常把「梅」寫作「槑」，「秋」寫作「烁」。這一類字，數量不多，流行不廣，但它們畢竟是客觀存在。

趨繁的情況大致如此，其原因主要是人們爲了分音辨義，致使一字分爲多字。但筆畫太繁，字數太多，就不便書寫或記憶。於是，另一方面又要趨簡。

下面談談簡化的趨勢。

造字之初，分頭嘗試，各造所造，因而異體字很多。在甲骨、金文中，如羊、牛、示、月等字，常有幾種或幾十種寫法。六國時，文化發展快，社會對文字需要甚殷，各地造句的新字尤多，因而又出現了許多異體字。經過約定俗成，文字逐漸定型，秦始皇要求「書同文」，罷其「與秦文不合者」，更使異體字大大減少。《說文》所列「重文」（卽異體字）不過幾百字，有的在當時已不再使用了。漢以後，雖也不斷造出異體字，但主要傾向是合併。

再就筆畫看，由圖畫到線索，顯然是由繁趨簡。小篆比甲骨、金文一般要減省得多；由篆到隸到楷，又不斷簡化，其中包括着偏旁的簡化。古時俗書中的異體字，大體上總是簡者通行，如「棖」與「門」，後來通行的是「門」字。再以《說文》引經來看，其引《詩》：「亦有和鬻」，今《詩》「鬻」作「羹」；「其鬻維何」，今《詩》「鬻」作「蔌」；「稱彼兕觵」，今《詩》「觵」作「觥」；「式號式謼」，今《詩》「謼」作「呼」（當然也不完全如此，如《說文》引《詩》「麟之止」，今「止」作「趾」；引《大學》「恂栗」，今「栗」作「慄」，則是爲了辨義而趨繁）。可見在字形簡併的同時，字的筆畫也在簡化。當然，趨簡又以不影響辨義爲限度，如《儀禮》古文雖曾借「手」爲「首」，而「仄」字，古與「側」、「昃」相假借，但今皆不能合併；又「拱」，古文假借作「共」，今則以「拱」爲「拱手」之「拱」。

兩字音義完全相同的，主要是「重文」、「或體」，亦即異體字。有的是古文與篆文寫法不同，有的是不同書上的不同寫法，還有由分頭造字、各造所造而形成的字，如《說文》「口」部有「嘑」，「言」部有「謼」；「止」部有「歱」，「足」部有「踵」。「口」與「言」、「止」與「足」義本相通，故當實爲一字。也有《說文》本有其字，而後人又另製一字者（古人稱爲俗字），如《說文》：「矘，目無精直視也」，今用「瞠」字；「眙」，直視也」，今用「瞪」字；「眕，目有所限而止也」，今用「盯」（「盯住」之「盯」）字。

一般說來，兩字音義完全相同，則並行的時間不會長久。如「趒，雀行也，今人概用跳字」；又如「䞨，半步也，今字作跬」（以上並見《說文》段注）。並存的大半是義有微別的「分別文」（王筠《說文釋例》）。分別文的出現，蓋由本義爲借義所奪，或由假借、引申而義項過多，易於混淆，因加偏旁或另造新字以示區別。如《說文》：「頃，頭不正也。」引申爲凡不正之稱，其義爲「頃畝」、「頃刻」所奪，乃加「人」旁別作「傾」字；「新」字義本爲「取木」，借爲「新舊」之「新」，乃加「卄」成「薪」；他如「暴」（曝）、「然」（燃）、「梁」（樑）、「曾」（增）皆是。又如《說文》只有「責」，而後來又造「債」；《說文》只有「賈」，而後來又造「價」及「估」；《說文》只有「意」，而後來又造「臆」及「憶」……此皆新字既增，舊字不廢，而舊字與新字各指一義，王筠把它叫做「分別文」。一般說來，無偏旁在先，有偏旁在後，但既加偏旁，義仍不異者（與「分別文」不同處），此等字則新字與舊字很少並存，大多一存一廢。如《說文》「因」、「捆」皆訓「就也」，是「捆」爲累增字，但今行「因」而不行「捆」；「噪」爲「喿」之累增字，「復」爲「复」之累增字，後來行「復」與「噪」而不行「复」（但今日又用「复」），「喿」字亦廢。

下面再談古今字。

段玉裁曰：「古今字者，主謂同音而古用彼、今用此異字，若《禮經》古文用『余一人』，《禮記》用『予一人』，『余』、『予』本卽一字也」（《說文解字注》）。這裏說的借用，主要指本無其字的假借；若本有其字的通假，與古今字一般是沒有什麼關係的。

先就《說文》來看，如「逃」，段注：「古文多借『遙』爲之」，「凡言古今字者皆視此」。又如「信」字下，段引韋昭《漢書音義》云：「信，古伸字」，段云：「此謂古假借字。」這是古用借字，後來另製新字爲正字之例。又如《說文》：「佗，何（荷）也。」隸變「佗」爲「他」，用爲「彼」稱，而「佗」之俗字爲「駝」、「馱」（段注），此由本字借爲他用，又另造新字與本字成爲古今字。又如「何」，《說文》：「儋也」，段云：「何，俗作荷，猶佗之俗作駝，儋之俗作擔也」，亦同。又如「俟」，《說文》：「大也」，段注：「此俟之本義也。自經傳借爲『竢』字，而『俟』之本義廢矣。『立』部曰：『竢，待也』，『竢』廢而用『俟』，則『竢』、『俟』爲古今字。」按《說文》言，這是以借字爲今字；但從「人」與從「立」義本相通；未必從「亻」卽爲借字。又如「份」，《說文》：「文質備也……彬，古文份。」今《論語》作「彬」，而「份」字反廢而不用，這又是以古文爲今字。又如，《說文》：「侸，立也，讀若樹」，段注：「侸讀若樹，與『尌』、『豎』音同……《玉篇》作『侸』……『樹』行而『侸』、『豎』、『尌』並廢，並『侸』

亦廢，此數字相爲古今字。」又如「偁」，《說文》：「揚也」，段云：「揚，飛舉也。《釋言》曰：『偁，舉也。』郭注引《尚書》『偁爾戈』，《玉篇》引《左傳》，『禹偁善人』，凡古『偁舉』、『偁謂』字皆如此……自『稱』行而『偁』廢矣。『稱』者，今之『秤』字。」這又是借他字以爲今字，而又另製一字（秤）以爲被借字（偁）之今字之例。一般地說，是把廢棄不用者目爲古字，把後來通用的目爲今字，如「杜」爲「𢾊」之今字，「馮」爲「淜」之今字，「施」爲「𢻫」之今字，「畢」爲「𢿑」之今字，「駘」爲「佁」之今字，「鳩」爲「勼」之今字……。

至於《說文》未收之字，如「嘲」字見於《玉篇》及《說文新附》，《漢書．東方朔傳》作「啁」。「韻」字見於《新附》，《文選．嘯賦》作「均」，注：「古韻字」。「篦」，《說文》、《釋名》作「比」，《玉篇》始有「篦」字。「貺」，見《新附》、《漢書．禮樂志》作「況」。「贍」，見《新附》、《荀子．王制》等作「澹」。「瘡」，《說文》無此字，《曲禮》作「創」。「妙」：《說文》無此字，《漢書．藝文志》作「眇」，顏注：「亦讀曰妙。」「罹」，《說文》無此字，《詩．兔爰．釋文》：「本亦作離」等等。

至於古今字與訓詁之關係，試以「稱」字爲例來說，「稱戈」、「稱兵」，今皆作「稱」字，如按「稱」義來說，是很費解的；但是，如果改按「偁」義解釋之，則「稱爾戈」就是「舉爾戈」，「稱兵」就是「舉兵」，「稱善人」就是拔「舉善人」，這樣，便文從字順，不煩言而意自明。反之，如上引《說文》：「佗，何也」，乍一看來，也很難懂，如改為今字，即「馱」，是「負荷」之義，則誰都明白。由此可見，講明古今字，對訓詁是有作用的。

四、訛字的校正

王引之指出：「經典之字，往往形近而譌（訛），仍之則義不可通，改之則怡然理順」（《經義述聞》三十二）。王氏父子和俞樾、孫詒讓等在古書訓釋上的成果，有些即得之於能把訛字校正過來。我們要注意的是古書上一些形近而訛之字，往往並非由於今形之相近，更多的是由於古形相近。王引之、俞樾等曾就此作過一些歸納與分析。

王引之指出文字形訛的原因：

1.一般的形近而訛，如「『捁』與『梏』相似而誤為『梏』，又誤為『牿』」；「『格』與『招』相似而誤為『招』。」這些字從隸書、楷書字形看，皆是相似的，因而這種訛誤，一般人皆可想到。

2.古文形近而訛，如「四」古文作「亖」，與「三」形近，因誤為「三」；「其」古文作「丌」，與「六」字形近，而誤為「六」，又與「介」字相似而誤為「介」，又與「莫」相似而誤為「莫」（王解《論語》：「文莫吾猶人也」為「言文辭，吾其猶人也」）；

「事」字古文與「史」字相似（按古實一字），而誤爲「史」。

3.隸書的形近而誤，如「笑」字，隸書與「先」字形近而訛爲「先」；「出」字，隸書與「士」相近而誤爲「士」；「穴」與「內」字相近而誤爲「內」。

4.篆書的形近而誤，如「人（八）」與「九」字相近而誤爲「九」。

5.半體或體相近而訛，如「民」字下半與「比」相近而誤爲「比」；「辟」字與「辭」字或體（辞）相近而誤爲「辭」。

6.草書形近而訛，如「靳」字草書與「靭」字相近而誤爲「靭」。

對於這一些，必須對各體字形都很熟悉，才能比較、分析出某一字可能是某字之訛，故王引之謂：「不通篆隸之體，不可得而更正也。」

俞樾所舉，多屬古人書寫訛誤或由誤解而誤改之類，與文字學雖沒有關係，但也有益於校讎與訓詁。玆特錄其標目（不引其例），以供參考：1.兩字義同而衍；2.兩字形似而衍；3.涉上下文而衍；4.涉注文而衍；5.涉注文而誤；6.以注說改正文；7.以旁記字入正文；7.以旁記字入正文；8.因誤衍而誤刪；9.因誤奪而誤補；10.因誤字而誤改；11.一字誤爲兩字；12.二字誤爲一字；13.重文作兩畫而致誤；14.重文不省而致誤；15.缺字作空圍而致誤；16.本無缺文而誤加空圍；還有17.「不識古字而誤改」等例（《古書疑義舉例》）；馬敘倫又指出18.「字句混亂」；19.「據他書而誤改」，20.「上下兩句互誤」及21.「上下兩句易置」等例。

諸家指出了古書上文字訛誤之原因，意在於使人由此類推。我們了解這些致誤之由，對於古書上一些難解之處，在按通常訓釋方法訓釋難通時，就不妨考慮它是否訛字。但在確定它是訛字時，必須講明其致訛之緣故，並須以古書中確有與此類似的情況爲旁證。我們所以不憚煩地引述了王、俞諸家的話，用意也就在此。

第二節　訓詁與古音聲韻

因音求義，是訓詁的重要途徑之一。這裏講的音，指的是古音亦即上古音。它不僅與今日之音不同，和以《切韻》、《廣韻》爲代表的中古音也不一樣。所以在因音求義時，先要掌握古音的聲類與韻部，了解古今音變的規律。

上古時，並沒有一部韻書，上古音的聲母、韻母亦無記錄可考，但前人根據先秦韻文的韻腳與形聲字的聲旁及古訓詁書中的聲訓、「讀若」等材料，結合音理，整理歸納，把古音的聲類、韻部及陰陽對轉等基本上搞清楚了。這給我們提供了很大的方便。

但是，因音求義，不能單憑語音的近似，還要有其他證明。因此，怎樣搜集與運用古書上的訓詁資料，以作證明，這又是訓詁工作者必須具備的知識與技能。前人在訓詁上之所以能曲證旁通，左右逢源，固由審音之精，亦由讀書之博。所以，我們不僅應該了解音韻知識，還要學習前人運用資料來解決問題的方法，應該掌握與此有關的訓詁資料。

一、古音韻部及旁轉、對轉

黃侃說：王念孫、郝懿行「兩家皆以音理貫串義理，其言音同、音近、音轉三者，最爲閎通。音同者，古本音相同，或今變音相同也；音近者，即迭韻相轉，亦即旁轉也；音轉者，即雙聲相轉，亦即對轉、旁轉也」（《聲韻通例》）。他說的「今音相同」，是指「於《唐韻》、《切韻》中爲同音」（《求本字捷術》）。這一點容易明白，因爲有《廣韻》可據。至於「古音相同」，他說是「必須明於古十九紐之變，又須略曉古本音。譬如『涂』之與『除』，今音兩紐，然古音無澄紐，是『除』亦讀『涂』也；又如『罹』之與『羅』今音異韻，然古音無支韻，是『罹』亦讀『羅』也」（《求本字捷術》）。

由此可見，在因音求義時，先要了解上古音聲類、韻部與中古音聲類、韻部之開合關係。

古音韻部

就韻部說，《廣韻》共有二〇六個韻部（分平上去入四聲），上古音韻部依章太炎說只有二十三部（分陰、陽二聲），依黃侃說也只有二十八部（分爲陰、陽、入），依王力說也只有十一類二十九部。以與《廣韻》的二〇六部相較，顯然古韻爲寬，即古韻的一個韻部中往往包含《廣韻》某幾部及某一部的一部分字。因此，有必要先明古音的韻部。約而言之：一是章太炎的二十三部。章氏採用王念孫的二十一部，加上孔廣森的冬部，加上他自己建立的隊部。就聲調說，分爲陰、陽兩類。這是依照先秦韻文來作客觀的歸納的；王力也同意這樣分，但他加了一個微部。章氏的〈韻目表〉如下：

陽聲	陰聲
寒	歌、泰
淳	脂、隊
眞	至
青	支
陽	魚
東	侯
冬、緝、侵	幽
蒸	之
盍、談	宵

另一是黃侃的二十八部。他依照戴震陰、陽、入三聲分立的辦法，這是在對先秦韻文作客觀歸納的基礎上，又從語音系統着眼的。玆將黃侃古韻二十八部列下，並將王力所改韻目附於括號之內：

1. 歌	2. 寒（元）	3. 曷（月）
—	4. 先（眞）	5. 屑（質）
6. 灰（微）	7. 痕（文）	8. 沒（物）
9. 齊（支）	10. 青（耕）	11. 錫
12. 模（魚）	13. 唐（陽）	14. 鐸

15.侯	16.東	17.屋
18.蕭（幽）	—	—
19.豪（宵）	20.冬	21.沃（藥）
22.咍（之）	23.登（蒸）	24.德（職）
—	25.覃（侵）	26.合（緝）
—	27.添（淡）	28.帖（葉）

王力近年也主張陰、陽、入三分，並把古韻分爲十一類二十九部，卽增加之、幽、宵、侯、魚、支六部的入聲，卽職、覺、藥、屋、鐸、錫六部，或以冬、侵分立爲三十部。王力還就古音韻部與《廣韻》韻目相較，寫了對照表，尤便檢閱（見《漢語史稿》上册）。

疊韻相轉，卽旁轉

同一韻部的字當然是疊韻關係；但古時所說的疊韻，是指主要元音相同，因而有些字雖不在同一韻部，但仍屬疊韻關係。王力把古韻二十九部併成十一類（如之、職、蒸爲第一類，幽、覺爲第二類，宵、藥爲第三類，侯、屋、東爲第四類，魚、鐸、陽爲第五類……），就是根據主要元音的相同，所以他說：「同類的韻部由於主要元音相同，可以互相通轉。」

章、黃所謂旁轉，則指韻部相近的字。從章的〈韻目表〉上亦可看出，如東冬旁轉，東侵旁轉，蒸談旁轉……章還有〈成均圖〉，並有「次旁轉」及「由旁轉而成對轉」之「次對轉」等目。章太炎曾就古書中舉出一些旁轉之例，可供參考（《國故論衡・成均圖》），略摘數例如下：

「東」「冬」旁轉：如「窮」字本在「冬」部，然《詩》言：「不宜空我師」，《傳》以「空」爲「窮」，而「窮乏」「空乏」，其義大同。又「洚」字本在「冬」部，而「洚水」亦云「洪水」（「洪」「空」皆在「東」部）。

「東」「侵」旁轉：如「含」之與「容」；又「凡」聲之字「風」、「芃」、「鳳」，今皆讀入「東」部。

「冬」「侵」二部同居而旁轉，故「農」字音轉則爲「男」，「戎」字音轉則爲「荏」，「臨衝」作「隆衝」，「林慮」作「隆慮」。

「蒸」「談」旁轉，如「堋」字亦轉作「窆」。

「談」亦與「東」旁轉（次旁轉），故「窆」又書作「封」。

「青」「眞」旁轉：如「令」訓作「善」，本借爲「靈」，又「顚」之與「頂」，「咽」之與「嗌」，音義相轉。

「青」「寒」亦有旁轉：如「煢煢」亦作「嬛嬛」，「自營」亦作「自環」。

「之」「宵」旁轉：如《毛詩》：「儦儦俟俟」，《韓詩》作「駓駓騃騃」。「犛」當在「之」部，而古時以「髦牛」爲稱，是讀「犛」入「宵」部。

「脂」「歌」旁轉：如「玼」亦作「瑳」；「訾」「咨」亦借爲「嗟」；「彼交匪敖」，亦作「匪交」。

「泰」「歌」二部同居而旁轉：如「曷」即是「何」，「啇」即是「訶」，「揭」即是「何」，「濊泧」即「摩莎」，「菩蔓」即「果蓏」。

陰陽對轉

這個理論是清代孔廣森開始提出的。王力解釋說：「所謂陽聲就是以鼻音收尾的韻，所謂陰聲，就是以元音收尾的。他的所謂陰、陽對轉，指的是陰聲和陽聲主要元音相同，可以互相轉化。「章太炎的〈韻目表〉、〈成均圖〉中也表示陰陽對轉關係（〈成均圖〉中還有次對轉、交紐轉等等），如魚、陽對轉，之、蒸對轉，侯、東對轉，支、青對轉……楊樹達《古音對轉疏證》中列舉有「經傳異文」等項，頗堪參考，迻錄如下（楊氏所用韻目，與章氏不同，而與黃說相近，玆各從其本來所用之稱）。

第一　微　沒　痕

微部字或作痕部字：慰或作慍（《韓詩》）。幾或作近（《易・中孚・釋文》）。畿或作近（《周禮・大司馬・注》）。祇或作振（《禮記・內則・鄭注》）。祇或作震（《史記・魯世家》）。戾或作吝（《禮記・大學・鄭注》）。

痕部字或作微部字：陻或作伊（漢石經《尚書・洪範》）。運或作違（《易・繫辭・釋文》）。藴或作委（《左傳》、《大戴記》）。振或作搘（《說文》引《易・恒卦》）。震或作祗（〈盤庚〉漢石經）。準或作水（〈考工記・注〉）。分或作比（〈盤庚〉漢石經）。浼或作浘（《詩・邶風・新臺・釋文》）。

微部字讀若痕部字：衣讀若殷（《中庸・鄭注》）。匪讀若分（《周禮・地官・鄭注》）。

痕部字讀若微部字：昕讀若幾（《說文》引《詩》）。莙讀若威（《說文》）。昕讀若希（《說文》）。釁讀若徽（《周禮・春官・鄭注》）。

微痕音轉：鬼方卽昆夷亦卽葷鬻（參見《觀堂集林》十三）。湻維卽獫允（《史記・匈奴傳》）。

没部字或作痕部字：掘或作穿（《眾經音義》引《易・繫辭》）。祁或作麎（《詩・小雅・吉日・鄭箋》）。

痕部字或作没部字：允或作術（《漢書》引《詩・十月之交》）。藴或作郁（《詩・雲漢》、《釋文》引《韓詩》）。巡或作述（《周官・地官・鄭注》）。勉或作勿（《漢書・劉向傳》引《詩・谷風》）。

没部字讀若痕部字：狋讀若銀（《說文》）。

痕部字讀若没部字：準音拙（《漢書・高帝紀・注》引服虔說）。

第二　歌曷寒

歌部字或作寒部字：施或作延（《韓詩外傳》引《詩》）。僞或作然（《莊子・齊物論・釋文》）。麗或作連（《儀禮・士喪禮・注》）。皮或作緐（《儀禮・鄉射禮・注》）。披或作藩（《儀禮・既夕禮・鄭注》）。

寒部字或作歌部字：焉或作爲（《禮記・三年問・釋文》）。韓或作何（《史記・周本紀・集解》）。獻或作儀（《尚書大傳》）。灌或作戈（《史記・夏本紀》）。嘽或作痑（《說文》引《詩・四牡》）。愆或作過（《史記・周本紀》與《尚書・牧誓》）。酇或作醝（《周禮・酒正・釋文》）。番或作皮（《漢書・人表》）。釁或作炊（《左傳・宣十五年》與《史記・楚世家》）。

歌部字讀若寒部字：酏讀若餈（《禮記・內則・釋文》）。撝讀爲宣（《易・謙・釋文》）。和讀爲桓（《書・禹貢・鄭注》）。

寒部字讀若歌部字：萑讀爲和（《說文》）。獻讀爲犧，又讀爲儀，又讀爲莎（《周官・春官・鄭注》）。又讀爲沙（《儀禮・大射儀・鄭注》）。

歌寒音轉：鍦謂之鋋（《方言》）。桓聲如和（《漢書・酷吏傳・如淳注》）。言之與我（《爾雅》）。雁之與鵝（《說文》）。鑾之與麻（《史記・周本紀・正義》）。

曷部字或作寒部字：會或作冠（《呂覽・上農》引《詩・淇奧》）。闕或作關（《左傳・昭二十六年・釋文》）。大或作善（《易・繫辭・釋文》）。滯或作廛作癉（《周禮・廛人・鄭注》）。截或作諓（《楚辭・九嘆》注引《書・秦誓》）。

寒部字或作曷部字：延或作誓（《禮記・射義・注》）。按或作遏（《孟子・梁惠王》引《詩・皇矣》）。安或作喝（《說文》與《廣雅・釋詁》）。錧或作鍇（《儀禮・既夕・注》）。

曷部字讀若寒部字：巘讀若漫（《漢書・文三王傳・注》引孟康）。

寒部字讀若曷部字：捖讀若刮（《考工記・鄭注》）鱹、蠸、嬽讀若絬（《說文》）。

寒、曷部字通：乙與燕（《說文》）。闕與觀（《說文》）。闊與寬（《漢書・王莽傳・注》）。

第三　支錫青

支部字或作青部字：赽或作頃、蹞（《說文》、《禮記・祭義》、《荀子・勸學》）。

青部字讀若支部字：頃讀爲跬（《禮記・祭義・鄭注》）。

錫部字或作青部字：役或作穎（《說文》引《詩・生民》）。

青部字或作錫部字：帝讀若定（《周禮・瞽矇・注》引杜子春說）。

錫青音轉：脊之與雅與精（《說文》）。

第四　模　鐸　唐

模部字或作唐部字：序或作象（《易·繫辭·釋文》）。無或作亡（《漢書·地理志》及〈五行志〉引《詩》之〈宛丘〉、〈相鼠〉）。幠或作荒（《禮記·投壺》、《大戴禮》）撫或作辿（《說文》）。

唐部字或作模部字：荒或作幠（《爾雅·釋詁·注》引《詩》）。

模唐音轉：「于，往也。」（《毛詩》）。「陽，予也。」（《爾雅·釋詁》）。「卬、吾，我也。」（《爾雅》）。「逋，亡也」，「旁，溥也」（《說文》）。又徒、黨同義，且、將同義，胥、相同義，甫、昉同義，蟆、黽同義，輔、榜同義。

鐸部字或作唐部字：逆或作迎（《說文》引《左傳·襄二十六年》）。咋或作堂（《禮記·坊記·注》）。

鐸部字讀若唐部字：矍讀若穬（《說文》）。

第五　侯　屋　鍾

侯部字或作鍾部字：句或作工（《左傳·宣八年·疏》）。朱或作東（《左傳·昭二十一年經》與《穀梁傳》）。拊或作擁（《史記·齊世家》）。

鍾部字或作侯部字：共或作具（《文選·東京賦·注》引《書·皋陶謨》）。鴻或作候（《禮記·月令·注》）。叢或作菆或作鄹（《公羊·僖三十三年·疏》及《釋文》）。

屋部字或作鍾部字：赴或作從（《左傳・昭二十五年・釋文》）。

鍾部字或作屋部字：種或作穀（《說文・木部》引《詩・生民》）。

第六 咍 德 登

咍部字或作登部字：熙或作興（《史記・五帝紀》與《書・堯典》）。倍或作崩（《墨子・尚賢》及〈非命〉）。

登部字或作咍部字：橙或作持（《漢書・司馬相如傳》與《史記》）。承或作時（《新序・雜事》與《國策・楚策》）。仍或作乃（《周禮・春官・注》）。馮或作每（《史記・伯夷傳・索隱》）。

德部字或作登部字：陟或作登（《史記・五帝紀》與《書・堯典》）。伏或作憑（《戰國策》與《漢書・王吉傳》）。

登部字或作德部字：肯或作克（《後漢書・章帝紀・注》）。登讀若得（《公羊・隱五年傳・注》）。

二、古音聲類及其古今變化

訓詁上的因音求義，除了就疊韻關係推求外，還有雙聲相轉即「聲母通假」。講到「聲母通假」，首先就要了解古音的聲類，即所謂「古十九紐」（紐亦聲母的意思）。黃侃總結前人研究成果，認爲中古音四十一紐，古音則只有十九紐。他曾列表示出如下：

唇音	幫	非
	滂	敷
	並	奉
	明	微
齒音	精	莊
	清	初
	從	床
	心	疏 邪
舌音	端	知 照
	透	徹 穿 審
	定	澄 神 禪
	來	
	泥	娘 日
牙音	見	
	溪（羣）	
	疑	
喉音	影（喻、爲）	
	曉	
	匣	

表中幫、滂等是古音，非、敷等是今音。這就是說幫與非、滂與敷……在古時是同紐的。其他可以類推。

這裏特別值得一說的是：

1.古無輕唇音，這是錢大昕提出的而早爲學者公認的。用現代語音名詞來說，即古音只有雙唇音（b—p—m），而無唇齒音，凡後代「f—(v—)聲母的字在上古一概讀成 b—p—m」（張世祿《古代漢語》）。

如：伏（fu）義即庖（bāo）義

伯服（fú）即伯犕（bêi）

扶（fú）服即匍（pū）匐

密（mì）勿（wù）即黽（mì）沒（mò）。

又如《詩》：「邦（bāng）畿千里」，《文選・東京賦・注》引作「封（fēng）」。《史記・索隱》：「尾（wěi）猶末（mò）也」。錢大昕還指出《史記》：「蟠（pân）木」，《呂氏春秋》作「扶（fú）木」。

《戰國策》：「伏（fú）軾」，《漢書・王吉傳》作「馮（pìng）式」。

《廣韻》：「菢（bào），鳥伏（fú）卵」。

《書・禹貢》：「陪（péi）尾」，《史記》作「負尾」，《漢書》作「倍（bèi）尾」。

《詩》：「敷（fū）政優優」，《左傳》引作「布（bù）政」。《書》：「方（fāng）鳩孱功」，《說文》引作「旁（péng）逑孱功」。

《莊子》：「彷（páng）徨」，崔本作「方（fáng）羊」。

《爾雅》：「閼逢（féng）」，《淮南子・天文訓》作「閼蓬（péng）」。

《詩》：「匪行邁謀」注：「匪，彼（bǐ）也。」

《詩》：「誰侜予美（měi）」，韓詩作「娓」（wěi）。

《說文》「無」或說「規模」之「模」（mò）字，〈曲禮〉釋文：「古文言『毋』，猶今人言『莫』也。」「無」又轉如「毛」，又轉訓爲「末」。

《莊子》：「鵬（péng）」《釋文》：「雀音鳳（fèng）」。

《詩》：「四矢反（fǎn）兮」，韓詩作「變」（biàn）。

《釋名》：「房（fáng），旁（páng）也。」

2古無舌頭舌上之分。錢大昕說：「古無舌頭舌上之分，知、徹、澄三母以今音讀之與照、穿、床無別也；求之古音，則與端、透、定無異。」張世祿謂：用今語言之，即「zh—（知）、ch—（徹）」及「zh—ch—（澄）」、「sh—（疑）」一組的後舌葉音聲母的音在上古裏有一部分讀成「d—（端）、「t—（透）」、「d—t—（定）」等舌尖母音的字。如：中（zhōng）讀成當（dang）；直（zhì）讀成獨（dú）、特（tè）；沈沈（chén chén）讀成覃覃（tān tán）；陵遲（chì）讀成陵替（tì）。

錢大昕所舉例甚多，玆附錄如下：

《春秋左傳》：「蟲（chóng）牢」——「桐（tóng）牢」。《周禮・師氏》：「中（zhōng）失」——「得（dē）失」。《呂覽》：「以中帝心」即「以得帝心」。《周禮・大卜・注》：「陟（dou）之音得也。」《尚書・禹貢》：「大野既猪（zhū）」，《史記》作「既都（dū）」。《儀禮・士冠禮・注》：「追（zhui）猶堆（dui）也。」《文選・七發・注》：「追，古堆字」。《詩・毛傳》：「追，彫（diāo）也。」《詩》：「倬（zhuō）彼甫田」，

《韓詩》作「剗（dào）」。《論語》的申棖（chéng）與《史記》的申棠（táng）爲一人。《詩》：「滮池（chǐ）」《說文》引作「滮沱（tuó）」。《周禮・注》「故書廛（chán）爲壇（tán）」，鄭司農讀爲「廛」（chán）。《詩》：「左旋右抽（chōu）」《說文》作「搯」（tāo）。《呂覽》：「陳（chén）駢」即「田（tián）駢」。

3.「娘日歸泥」。這是章太炎提出的。王力謂：「泥娘在《切韻》中本是同一聲母……日母跟泥母很相近似。」張世祿謂：「現代的『r—』聲母及『er』韻母的字，在上古音裏原來讀成『n—』聲母的音。」章太炎謂：「古音有舌頭『泥』紐，其後支別，則舌頭上有『娘』紐，半齒半舌有『日』紐。于古皆『泥』紐也。何以明之？『涅』從『日』聲，《廣雅・釋詁》：『涅，泥也』，『涅而不緇』，亦爲『泥而不滓』，是『泥』『日』音同也；『昵』從『日』聲，《說文》引《傳》（《左傳》）『不義不昵』，〈考工記・弓人〉杜子春注引《傳》：『不義不昵』，是『日』『昵』音同也（原注：『昵』今爲『娘』紐，古『尼』『昵』皆音『泥』）……『任』之聲今在『日』紐；《白虎通德論》、《釋名》皆云『男，任也』，又曰『南之爲言任也』……是古音『任』同『男』，南本在『泥』紐也。『而』之聲類有『耐』，《易・屯》曰：『宜建侯而不寧』，《淮南・原道訓》曰：『行柔而剛，用弱而強』，鄭康成、高誘皆讀『而』爲『能』，是古音『而』同『耐』『能』，在『泥』紐也……『若』之聲類有『諾』，稱『若』稱『乃』，亦雙聲相轉，是『若』本在

『泥』紐也……。」《新方言》中又云：「《廣雅》：『湩謂之乳』，今人謂乳爲嬭，《廣韻》已有此訓，曰紐歸泥紐也。」又曰：「〈大雅〉：『柔遠能邇』，箋：『能猶伽也』，釋文：『舊音如庶反。』古無日母，『如』音同『奴』，故『如』、『帑』與『能』爲雙聲。今蘇州謂『如是』曰『實能』，『實』訓爲『是』，『能』卽『如』字。」又曰：「然……其在語末者……今字作呢，呢本『爾』字也。」原注：「古音爾在泥母，與『然』字音『難』雙聲相轉，猶『臡』從『難』聲，今讀『泥』也。」

4.喻三歸匣。這是曾運乾提出的。他把喻母三等稱爲於母。他的例子是：古讀「營」如「環」，古讀「援」如「換」，古讀「羽」如「扈」，古讀「圍」如「回」，古讀「員」如「魂」。

5.喻四歸定。這也是曾運乾的主張（王力認爲喻四跟定母很相似）。他把喻母四等仍稱爲喻母。他的例子是：古讀「夷」如「弟」；古讀「易」如「狄」，古讀「逸」如「迭」，古讀「遺」如「隤」。

四、假借字與本字

訓詁上講的「因音求義」，主要是就假借字言之的。因爲：古書上的某一字如果是借字，卽借來指另一字的字義，那就必須找出它是借指某一字（本字）的，才能知道它的意思。借字中有「本無其字」之假借與「本有其字」之假借兩種。如作爲虛詞之「其」字，無法「畫成其物」，只好借用「箕」（甲文中作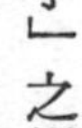，金文中作，即「其」）字之「其」來代替；實詞如「往來」之「來」，也不便於象形，只好借用「來麥」之「來」。在殷墟卜辭中已如此。許愼說：「假借者，本無其字，依聲托事。」即借用已有的聲同或聲近的字來代替。但也有「本有其字」，但書寫的人不知道，因而也會用音同、音近的字來借替。段玉裁說：「依傍同聲而寄於此。則凡事物之無寄者皆有所寄而有字……是謂假借……大抵假借之始，始於本無其字，及其後也，既有其字矣，而多爲假借；又其後也，後代訛字亦得自冒於假借。博綜古今，有此三變。」其中最主要的一點是：它「借用此字之聲，而不用此字之義」（段語）。換言之，即假借字是純粹表音的；當然它不是以字母拼合起來表音，而是借一個別個字的音來表達這個字的音、義，即「依聲托事」。

「本有其字」的假借，它原有正字；「本無其字」的假借，有的後來也造了正字。朱駿聲分爲三種情況，他說：「假借之源有三」：

1.先無正字，後造正字者，如「吉祥」之「祥」，本無其字，便借了「羊」字爲「吉羊」之「羊」，後來又造了「祥」字。此即「本無其字」的假借；

2.本有正字，不用而用別字者，如「氣」（即簡化之「气」）本作「气」，但借用「氣」字（即「餼」之本字），「氣」借爲「气」，於是又另制「餼」字，此是「本有其字」之假借；尚有本字與借字並用或通用某字而某書某人用了借字者，朱認爲這是偶然的情況，故未列入；

3. 先無正字，借寫別字，而後來也未造正字者，如「其」、「所」、「之」、「而」等。

它是怎樣「依聲托事」的呢？朱駿聲指出：「假借之例有四：有同音者，『德』之爲『悳』、『服』之爲『𠬝』；有疊韻者，如『冰』之爲『掤』、『馮』之爲『淜』；有雙聲音者，如『利』之爲『賴』、『答』之爲『對』；有合音者，如『茺蔚』爲『蓷』、『蒺藜』爲『茨』。」

假借字既然「以聲爲主」，因此，它的意思就只能由讀音去求。當然，還是先要由它的形體來考察出它的本義、本音；讀出音來，才知道借來代替什麼。這就是段玉裁說的「依形以說音、義」；亦卽由那個字的音去找到所代之字（正字）。用黃侃的話，卽「求本字」。黃侃有〈求本字捷術〉，摘錄如下：

> 昔人求本字者，有音同、音近、音轉三例……音同有今音相同，古音相同二例：今音相同者，謂於《唐韻》、《切韻》中為同音……古音相同者，必須明於古十九紐之變，又須略曉古本音……音轉者，謂雙聲正例。一字之音本在此部，而借用彼部字；然此部字與彼部字雖非同韻，但係同聲，是以得相通轉。音近者，謂同為一類之音，

如見溪與羣疑音近，影喻與曉匣相近，古者謂之旁紐雙聲……大抵見一字而不了本義，須先就《切韻》同音之字求之；不得則就古韻同音求之……如更不能得，更就異韻同聲之字求之；更不能得，更就同韻、同類或異韻、同類之字求之；終不能得，乃計校此字母音所衍之字，衍為幾聲，如有轉為他類之音，可就同韻異類之字求之。若乃異韻、異類，非有至切至明之證據，不可率爾妄說。

王力則謂：假借字的原則，「語音必須相同或相近。有時候假借字與本字雖然可以只是雙聲或者疊韻，但是如果韻母相差很遠，即使是雙聲也不能假借；如果聲母相差很遠，即使是疊韻也不能假借。」把它講得更明白些，即必須：字的韻部相同，聲母雖然不同，但屬於同一發音部位；或者幾個字的聲母相同，韻部雖不相同，但或是主要元音相同，韻尾的輔音相對；或者是主要元音相近，韻尾相同。

但是，還必須「有至切至明之證據」，亦即在古文獻中確有這樣的例證。王力說：「有時候，二字雖然讀音相近，甚至相同，但是沒有其它證明，單憑語音方面的近似，也不能完全解決問題」（〈訓詁學上的幾個問題〉）。

五、同族詞與古漢語的內部屈折

過去訓詁家講的「一語之轉」、「一聲之轉」、「雙聲相轉」、「疊韻相轉」，他們所探索的字族，其實是因爲漢語是曲折語，在古漢語中曾經依據內部曲折方式派生大量的單音節詞，其中大多數是有親屬關係的同族詞。例如：「囟」、「思」、「心」三詞，詞義相關，音則是變換韻尾；又如「逗」、「讀」（音豆）詞義相同，輔音字母和元音字母也相同，只是韻尾變化；「先」與「前」義同，元音、輔音韻尾相同，只是輔音聲母變化；又如「頂」與「底」，詞義相反，輔音字母和元音相同，只是輔音韻尾變化。從大量的音近義通與破讀等現象來看，用詞的內部曲折形態，亦即利用同一詞核而變換其聲母、元音或輔音韻尾，以派生出許多新詞來表示不同詞彙意義與語法意義（包括詞義、詞性、語法作用等），這曾是古代漢語的重要構詞方式。掌握這一規律，有助於探索語源、考覈詞義。

如「天」（tiān）與「顛」（diān）——輔音交替而韻母未變（疊韻）。

「顛」（diān）與「端」（duān）——元音交替而聲母未變（雙聲）。

細析之，有：

1.輔音字母變換：如先有「令」，後滋生「命」，輔音聲母變換，詞性便由動詞變爲名詞（《孟子》：「既不能令，又不受命」）。

2.元音變換：如「刀」（名詞）之與「雕」（刻，動詞）、「散」（布放，動詞）之與「霰」（雪粒，名詞）、「弄」（動詞）之與「伶」（名詞）、「肯」（著骨肉，名詞）之與「綮」（中肯，形容詞）……這些都是詞性的變化。

還有：「代」（更易）與「遞」（傳遞）、「合」（聚合）與「協」（協和）、「安」（定）與「宴」（居息）等等，既有共同的基本意義，又有細微差別的引申或譬喻意義；還有「忓」（喜、快）之與「愓」（憂懼），則是反義同族詞。

3.輔音韻尾變換：上屬陰陽對轉，旁轉等音義相關的轉語條件，大多有關輔音韻尾變換問題。

如「海」（水裏如晦）之與「黑」，「死」（安息）之與「息」，「水」（水流濕）之與「濕」，「衣」（隱蔽）之與「隱」，「隘」（扼守）之與「阨」，「侶」（伴侶）之與「兩」，可使人們理解到詞的語音組合與特定對象（它的屬性、狀態等）的密切相關性。

上述三種構詞構形和變換模式的對應關係比較顯著，可視爲正本。此外，還有：

4.元音伴隨輔音字母變換：從語源上分析，元音伴隨輔音字母變換，同族詞的親屬關係還是可以了然的。如：「騎」（《說文》：「跨馬也」）之與「駕」（《說文》：「馬在軛中也」）；「毀」（《說文》：「缺也」）之與「敗」（《說文》：「毀也」）；「準」（《說文》：「平也」）之與「銓」（《說文》：「衡也」）；「進」（《說文》：「登也」）之與「遷」（《說文》：「登也」）。

5.元音伴隨輔音韻尾變換：這類同族詞的共同音素是起首輔音，亦卽聲母。我們通常講的雙聲音義遞衍字，卽屬這一類。這類詞數量很多，且能表達出具有許多特徵的對象及其複雜的屬性、狀態和動作。如「堵」與「抵」，「下」與「降」，「何」與「奚」，「代」與「迭」，「枷」與「校」，「扣」與「克」，「刻」與「鍥」，「悽」與「戚」，「迷」與「冥」，「喜」與「休」，「誠」與「諫」，「知」與「哲」，「自」與「衆」，「破」與「劈」，「可」與「堪」等。還有大量的平列結構的駢詞。

6. 輔音聲母併合輔音韻尾的變換：這類詞的共同音素是元音相同，其變換雖複雜多樣，但大體可分之如下：

(1)輔音聲母與韻尾的發音部位相同，如「乞」與「祈」，「等」與「待」，「剪」與「截」，「芬」與「馞」，「范」與「法」。

(2)輔音聲母和韻尾的發音部位不同，如「跋」與「蹋」，「翕」與「閉」，「合」與「配」，「給」與「備」，「蓓」與「蕾」。

(3)還有輔音聲母發音部位相同而韻尾不同的，如「屈」與「窮」；也有輔音聲母發音部位不同而韻尾相同的，如「志」與「識」（以上據嚴學宭文，見《中國語文》一九七九年第二期）。

六、關於形聲字的「聲中有義」

漢語的內部曲折，從字面上是看不出來的；從字面上能夠看出聲音的，主要是形聲字。

形聲字的聲旁相同，字音必然相同相近，這是容易明白的。如果按「聲近義必近」的邏輯推理，則同一聲旁之字，其意思應該相同或相近。且形聲字占漢字的百分之九十以上；如果聲中確實有義，這對因音求義自是一條比較方便的途徑。所以，楊泉、王聖美早已注意及此(王聖美的「右文說」已見前述)，清代、近代的一些學者如黃春谷、劉師培、楊樹達對此也很強調。

他們認爲：「兩字所從之聲同，則字義亦同；即匪相同，亦可互用。」如〈太師虘豆〉中「邵洛」即「昭格」，〈盂鼎〉中「妹晨」即「昧晨」，古書中以「佑」代「祐」，以「維」代「惟」；「委佗」猶「委蛇」，「橫被」猶「廣被」；又如「窊」、「窳」、「[illegible]」三字皆從「瓜」聲，「揭」、「愒」、「竭」皆從「曷」聲，故「其義一也」(劉師培〈字義起於字音說〉)。

推而廣之，則同一聲旁之字，義多相通。如錢繹《方言箋疏》謂：「从『叕』、从、『幵』、从『勞』、从『戎』、从『京』之字皆有『大』義；从『叚』、从『屈』之字皆有『短』義；从『少』、从『令』、从『刀』、从『宛』、从『蔑』之字皆有『小』義。」劉師培謂：「侖字隱含分析條理之義……就言語而言，則加言而作論，就人事而言，則加人而作倫，就絲而言，則加絲而作綸，就車而言，則加車而作輪，就水言，則加水而作淪……；又如『堯』字隱含崇高、延長之義……就舉足而言，則加『走』而作『趬』，就頭額而言，則加『頁』而作『顤』，就山而言，則加『山』而作『嶢』，就石而言，則加『石』而作『磽』，就馬而言，則加『馬』而作『驍』（高馳），就犬而言，則加『犬』而作『獟』（高犬也），就鳥羽而言，則加『羽』而作『翹』（長尾巴）」（《小學發微補》）。楊樹達廣加論證，指出「以聲聯義之例數百事」，如謂：

1. 「𠔉」聲、「雚」聲字多含「曲」義；如「齤」（《說文》：曲齒）、「觠」（曲角）、「卷」（膝曲）、「拳」（《說文》：「手也」，朱駿聲謂：「張之爲掌，卷之爲拳」）、「眷」（顧視）、「趯」（行曲脊貌）、「彏」（弓曲）、「權」（反常，《春秋繁露》：「前枉而後義者，謂之中權」）、「韏」（王引之云：「卷者謂之辟，革中辟謂之韏」）、「虇」（段注：「草初生勾曲也」）；
2. 「燕」聲、「妟」聲字多含「白」義；
3. 「曾」聲字多含「重」義、「加」義、「高」義；
4. 「赤」聲、「者」聲、「朱」聲、「叚」聲字多含「赤」義；
5. 「呂」聲、「旅」聲、「盧」聲字多含「連立」義；
6. 「幵」聲字多含「幷列」義；
7. 「邕」、「容」、「庸」聲字多含「蔽塞」義；

8.「重」聲、「竹」聲、「農」聲字多含「厚」義（馬瑞辰《毛詩傳箋通釋》卽已指出凡從「農」者皆含「厚」義）；

9.「取」聲、「奏」聲、「悤」聲字多含「會聚」義。

這種說法是否很正確呢？我們應該看到：

⑴古人分頭造字，可以用不同方法，卽使皆用「形聲」之法，聲音相近的字很多，既可取這一字爲聲旁，也可取與它相近之另一字爲聲旁，所以「聲近義近」並不局限於用同一字作聲符；

⑵也有一些字，它的聲旁就沒有什麼意思，因而也不是所有「形聲字」皆聲中有義。黃侃卽曾指出：「裸」、「踝」、「敤」、「髁」、「夥」、「窠」、「裹」、「顆」、「課」、「錁」、「婐」皆從「果」聲而義皆不同於「果」，論字形偏旁皆同，而論聲義乃各有所受；因此，他認爲「右文說」其實難通。卽就上引諸例看，錢謂從「叚」有「大」義，而楊謂含「赤」義；錢謂從「宛」有「小」義，而楊謂從「夗」者有「屈曲」義，所言亦非一致。王力說：

> 自從宋代王聖美創為「右文」之說，至今在文字學界還有一些影響。楊樹達說：「形聲字中聲旁往往有義」，有了「往往」二字，這話本身沒有毛病，只是沒有能夠說明原因。胡樸安說：「蓋上古文字，義寄於聲，未遑多制，只用右文之聲，不必有左文

> 之形。」原因是說出來了，但是還不夠明確。實際上，凡按右文講得通的，若不是追加意符的形聲字，就是同一字族（如章炳麟《文始》所講的），並不是存在着那麼一個造字原則，用聲符來表示意思（《中國語言學的繼承和發展》）。

從文字學說，確實「不是存在着那麼一個造字原則」，但從訓詁學說，既然承認「形聲字中聲旁往往有義」這一點，可見此法也有助於探索語源、字族，並進而有助於詞義的訓釋。當然，這和聲訓一樣，應該慎重使用。

七、古音資料與現代方言

黃侃說：

> 從前論古韻者，專就《說文》形聲及古用韻之文，以求韻部；專就古書通借字，以求聲類；而於音理，或不了然（《聲韻略說》）。

黃氏批評他的前人側重考古，忽略審音，與江永說法先後相同，這是對的。但就訓詁言，不僅要由音理推定，而且還要用古書上的資料相參證，所以黃氏又指出從古書上搜集古音資料的途徑：

1. 據《說文》以推聲之正變

一據重文，二據說解（即書中聲訓），三據讀若，四據無聲字而細索其音（如「道」從辵從首，實「首」聲；「熏」從黑，實「黑」聲），五據有聲字而推其變（如「祼」從果而讀「古玩反」，是由歌轉寒）。

2.據《詩經》以考音之正變

(1)就詩句末字以求韻，或從句中連字（即謰語）對字（對文）以求韻；

(2)就《詩》之連字或對字以求聲類相通之常例；

(3)就《詩》之連字或對字以求聲類相通之變例。

3.上述之外，還有：

(1)《說文》外，其他古書的傳注中關於形、聲的解釋；

(2)其他經傳子史中的雙聲、疊韻的連字；

(3)其他的韻文（或散文中一部分）以及金石銘辭、里巷歌謠的用韻；

(4)異文（羣書傳寫，異本頗多，除其形譌，餘皆聲近）；

(5)聲訓；

(6)合聲；

(7)漢代學者訓釋中的舉讀，其中包括推語根，言古聲，正聲誤，改字，言讀（言讀近讀似，讀與某相似，言讀與某同，言讀從）、言聲如（相近、相附）、言音同（音如，音若，音近，音相近）及直音（用成語，用俗語，用方言，以義明音及引兩義以明一音），對一字兩音者，或各用異字音之，或卽用同字音之，又有舉聲勢者。除了古書上這些資料可供使用外，還有後代某些地方之某些方言，還保存了古音。劉師培說：

方言既雜，殊語日滋。或義同而言異；或言一而音殊。乃各本方言，增益新名，或擇他字以為代。由是一字數義，一物數名，彼此互訓，是曰轉注。兩字轉注，匪惟義符，抑且音近（雙聲或疊韻）……蓋古本一字，音既轉而形變更，則一義不一字；其有音轉而形不變者，則一字不一音。一義數字，是為字各異形；一字數音，是為言各異聲。然皆方言不同之所致也（〈新方言序〉）。

這是就古時講的。在幾千年歷史進程中，「語言遷變」甚大，因而雖見到古書上的某一字形，卻不能立卽判定其卽是今之某音、某義。但是，「偏壤遐陬之間，田夫野老之語」，卻有「轉與雅記故書相合」的，卽使「其音稍異於古」，但往往「與古音爲雙聲」（同上），這就又給訓詁開了一條路。這條路就是：用現代方言與古書音義相印證，從而探尋古書上某些詞語的語義。

這種方法，鄭玄、郭璞早就用過；清代段玉裁、王念孫、郝懿行亦常用之。如「玩於股掌之上」，這是常語，但倘一細想「股掌」實不易解。郝懿行認爲「股」爲「般」之誤，「般掌」卽山東方言中之「巴掌」（按今安徽方言亦如此），這就甚易理解了。又如《說文》：「寽，五指持也」，乍一看來仍不易解。段玉裁注云：「凡今俗用五指持物引取之曰寽。《廣韻》曰：『今寽禾是』，〈芣苢〉（《詩經》之一篇）：『薄言捋之』，說者謂取其子，假令取其子，則當作『寽』。」黃季剛《蘄州語》中亦舉此，並云：「後出字爲捋，郎括切。今吾鄉謂以五指持物揗摩上下曰捋，音郎過切。或曰：卽挼莎之挼，則聲類亦近。」這也是以今日方言來證古書詞義的。

劉師培謂：淮南人把「身傾於前謂之磬」（今安徽江淮間亦如此），可證知古書中「磬折」之義。他又說：「如『鞠』『窮』雙聲。漢法以辭決罪爲『鞫』，今法以辭定讞爲『供』，『鞫』轉爲『供』，猶『鞠』轉爲『窮』也。」他的意思是說：由此可見，「鞫」卽「供」。他又說：「『殺』『劉』互訓。古稱以兵（兵器）斬人爲殺，今秦晉間亦以斬人爲溜。」這是說「劉」卽秦晉方言中之「溜」，則「劉」之爲「殺」，義易理解。又說今「吳人以『格』音爲語端（發語詞）。『格』『勾』，一聲之轉，故吳曰『勾吳』。」其意是「勾吳」卽「格個吳」的意思。

章太炎《新方言》言之更詳，用於訓詁，每多懸解。如謂：

《小爾雅》：「肆，極也。」《說文》：「肆，極陳也。」〈大雅〉：「其風肆好」，《傳》：「肆，長也。」通以今語，猶言「極好」耳。今遼東謂富有為「有得肆」，蘇州謂「甚好」曰「好得肆」，「甚熱」曰「熱得肆」。「肆」、「殺」去入相轉。

〈夏小正〉：「貍子肇肆」《傳》：「肆，殺也。」古以「肆」為「殺」，今以「殺」為「肆」，宋人言「甚好」曰「殺好」，猶「肆好」也。今亦謂「極陳力」為「殺力」，卽「肆力」也。

《說文》：「踼，跌踼也。」徐鍇曰：「過越不拘也。」今淮南謂人之有才者曰「跳踼」，或曰「亭丈」（按：安徽江淮間曰亭當），卽「跌踼」之轉音。古語「倜儻」亦此字也。江南浙江謂人「快闊」為「倜儻」，其囁嚅不能應對者曰「不倜儻」，「倜」讀如「出」。

《通俗文》：「縱失曰蘭」，今市井謂債不可復收為「爛帳」，「爛」卽「蘭」矣。凡人縱弛無檢，亦曰「蘭」。《列子．說符篇》：「宋有蘭子者」，《注》：「應劭曰：『闌，妄也。』」「蘭」與「闌」同。今人謂人舒縱不節曰「爛」。「爛」亦「蘭」字也。

《漢書．高帝紀》：「常以王媼武負貰酒」，如淳曰：「俗謂老大母為阿負。」古無輕唇音，「負」音如「倍」，音轉作「婆」。《廣韻》：「婆，老女稱也。」「婦」、「負」同聲，「婦」，轉亦為「婆」，故今謂「妻」為「老婆」。〈虞書〉（《尚書》）：「懋遷有無化居」，今人謂什器曰家伙。尋《說文》：「家，居也。」《釋名》：「火，化也。」此皆以聲為訓。「家」與「居」同音，「火」與「化」同音，則「家伙」，卽「居化」，是「化居」二字倒易耳。或稱什器為貨者，亦同此義。

章氏欲使今之口語皆從《說文》中找到本字，因而時或附會；但運用得宜，也可以解決訓詁上一些難解之問題。

這種辨法似甚簡而奇，但是，黃侃已指出章氏所論：「皆待佐證而後成說，加以深明音理，故能曲暢旁通。」這也就是說：現代方言中之音，雖可作爲論證資料之一，但還須根據音理，並有其它佐證；不能僅憑孤證（《聲韻通例》）。

還應說明：在實際運用中，總是綜合形、音、義考察的。如《楚辭・天問》：「舜閔在家，父何以鱞?」語頗費解。聞一多謂「閔」與「敏」聲近義通，而卜辭「妻」、「敏」同字，古書復有「舜妻登比氏」之紀錄，故認爲「舜閔」卽「舜妻」；而「父」、「夫」乃形近之訛。又如〈哀郢〉：「至今九年而不復」，按「九年」計，總是扞格難通，竊謂「九」當爲「終」。

1. 屈原仲春離郢，至陵陽在「江介之遺風」（義同急風，本王念孫說）時，說終年符合事實。
2. 從字形看：「終」古文作𠔇，與「九」近似。
3. 從字音看：「終」從「冬」聲，嚴可均以「終」入「侵」部，冬、青皆與「幽」部（九在幽部）爲陰陽對轉。

4.從字義看：「終」有極、窮、竟等義，而「九，數之極也」（《漢書・杜欽傳・注》），「陽數之盡也」（《說文》），是「終」與「九」義亦相通。故「九年」當爲「終年」。舉此兩例，略見一斑。

第三講　訓詁與詞氣、文法

楊樹達說：「余嘗謂讀書當兼通訓詁、文法。此詩（按指《詩・匪風》）：「匪風發兮，匪車偈兮」）文，王氏（指王引之）讀『匪』爲『彼』，屬於文法者也；余讀『發』爲『潑』，讀『偈』爲『轄』，此屬於訓詁者也。二事明，則古書無不可讀矣」（《詩「匪風發兮匪車偈兮」解》）。楊氏又說：「余平生持論，謂讀古書當通訓詁，審詞氣，二者如車之兩輪，不可或缺。通訓詁者，前人所謂小學也；審詞氣者，今人所謂文法之學也。漢儒精於訓詁，而疏於審詞氣；宋人頗用心於詞氣矣，而忽於訓詁，讀者兩慊焉。有清中葉，阮芸台（元）、王懷祖（念孫）、伯申（引之）諸公出，兼能二者，而王氏尤爲卓絕。」（曾星笠《尚書正誤・序》）（今按：楊氏所謂訓詁，卽由文字、音韻之原理，結合故訓，以考定詞義。）我們在上一講中着重講文字、音韻與訓詁之關係，卽本此意。至於他講的詞氣、文法，應指古人用詞、造句、修辭、行文中一些比較特殊的規律。這一點，王引之在《經義述聞》中已提到一些，俞樾《古書疑義舉例》說得更多。俞在其書的序中說：「夫周秦兩漢，至於今遠矣。執今人尋行數墨之文法，而以讀周秦兩漢之書，譬猶執山野之夫，而與言甘泉、建章之巨麗也。」指的也是要「審詞氣」、「通文法」。俞氏之書所以被人稱爲「發古今未有之奇」，也就在於他能就古人用詞、造句、修辭、行文上的一些特點，「約舉其例」，使人「以治羣書，庶疑義冰釋」（劉師培《古書疑義舉例補》）。我們把「訓詁與詞氣、文法」作爲專章來講，是必要的。

第一節　必須分清字、詞及合成詞的構詞方式

一、注意字與詞之分別，特別是對多音詞不能拆開來解釋

由於漢字是方塊字，字與詞的區別，很難從書面上看出，因而常會發生誤解。一種是：現代人讀古書，往往把古書上的兩個單音詞誤當作一個雙音詞。如杜甫〈兵車行〉中「爺娘妻子走相送」，在現代人看來，「妻子」即「妻」，但古人卻是指「妻」與「子」的。又如「誠心」，現代人看來是一個詞，但《南史》上「武帝以爲不盡誠心銜之」，卻應讀爲「武

帝以爲不盡誠，心銜之。」標點本的標點者把它點作「武帝以爲不盡誠心，銜之」，卽因把「誠心」誤作一個詞，便連句子也斷錯了。

但是，古書上，自先秦時起，卽已有多音節詞，而雙音節詞更多。古代訓詁家，不知這一點，往往把雙音節詞拆開解釋，因而每多曲解與附會，特別是下列一些情況尤其值得注意。

1.聯綿詞（一稱謰語），它是由雙聲或疊韻的兩個字構成的，其特點是章太炎講的「合二字爲一詞，兩聲共一義。」古人不知道這一點，把「狐疑」解爲「狐性多疑」，把「猶豫」說是獸名，又或說是犬預先走在人前，等人不到，又走回來。此皆穿鑿附會，曲爲解說。王念孫指出：「夫雙聲之字，本因音以見義，不求諸聲而求諸字，宜其說之多鑿也」（《讀書雜志》）。俞樾也說：「古書疊韻之字，當合兩字爲一義，不當以一字爲一義」（《古書疑義舉例》）。例如上舉的「狐疑」、「猶豫」，實爲一詞。王念孫說：「『猶豫』雙聲字也。字或作『猶與』，分言之則曰『猶』曰『豫』……合言之則曰『猶豫』，轉之則曰『夷猶』，曰『容與』……『嫌疑』、『狐疑』、『猶豫』、『蹢躅』皆雙聲字；『狐疑』與『嫌疑』一聲之轉耳」（《經義述聞》）。

由此一例，可以看出聯綿詞不能拆開解釋。此外，還有幾點值得注意：

(1)形體不固定，如「澎湃」一作「滂濞」，又與「滂沛」通，已見方以智《通雅》。

《通雅》還舉出「掎掋」的寫法有十四變，「逶迤」的寫法甚至有三十二變……字形雖不同，實系一詞。對此，皆不應「求諸字」而應「求諸聲」。

⑵復詞與單語（如「猶豫」與「猶」或「豫」）、聯綿詞與疊詞（如「蒙蒙」、「茸茸」之於「蒙茸」，「渺渺」、「綿綿」之於「綿渺」，「杳杳」、「冥冥」之於「杳冥」）皆義本相同。

⑶有些聯綿詞的上下字可以倒易，如「夷猶」又作「猶夷」，「綿渺」又作「渺綿」，「泓澮」或用「噌吰」。了解了這些，便可執簡御繁，易懂易記。

了解了這點，對於訓詁上某些疑難問題的解決，也有幫助。如《詩·七月》的「肅霜」、「滌場」，較難解釋。《毛傳》釋爲：「肅，縮也。霜降而收萬物也」，「滌，掃也。場工畢入也。」把聯綿詞拆開解釋，詰曲難通。王國維看出「『肅霜』、『滌場』皆互爲雙聲，乃古之聯綿字，不宜分別釋之。『肅霜』猶言『肅爽』，『滌場』猶言『滌蕩』」。他還博引衆證，證明「肅霜」即〈大招〉「天日顥顥」，〈九辯〉「天高氣清」之意；而「滌場」即「滌蕩」，旣滌蕩則必淸肅，必廣大，故又有廣大之義。「鐵蕩」即「滌蕩」之轉語，「又轉而爲條暢，爲條鬯。」「廣大者必卓絕，故有卓異之義。」「俶儻」、「倜儻」亦「滌蕩」之轉語。「廣大則有動作之餘也，故又有放蕩之義。」「佚宕、跌踼、跌宕，亦皆滌蕩之轉語」（《觀堂集林·肅霜滌場說》）。這個例子是很能啓人神思的。

對於疊詞（重言），還應作點說明：

⑴它也是字不固定的。如「逢逢」，《釋文》作「韸韸」，《太平御覽》作「蓬蓬」。

⑵它往往一詞多義。如「洶洶」，《尚書大傳》：「水聲也」；《楚辭・逢紛・注》：「灌聲也」；《文選・高唐賦・注》：「水波騰貌」；《文選・羽獵賦・注》：「勇貌」。又如「蓬蓬」，《詩》：「其葉蓬蓬」；《毛傳》：「盛貌」；《莊子・秋水》：「蓬蓬焉起於北海」，李注：「風貌」。

2.古人的「成語」，即古人根據當時語言習慣用多音指一義的詞。王國維說：「古人頗用成語。其成語之意義，與其中單詞分別之義又不同。」我們對它只應「比較而求其相沿之意義；否則不能贊一辭。若合其中之單語解之，未有不齟齬者」（《與友人論詩書中成語書》）。如「不淑」是「古之成語，於吊死唁生皆用之……毛、鄭以『不善』解之，失其旨矣」；又如「古人用『陟降』，猶今人言往來，不必兼『陟』與『降』二義」，亦作「陟各」、「陟恪」、「登假」、「登遐」（同上）。他舉出的還有「作匹」亦即「作配」、「作對」；「敷佑」即「敷有」；「『舍命』與『專命』同義」；「『神保』與『聖保』皆『祖考』之異名」……楊樹達還舉了「罔知」（《積微居金石小學論叢》），聞一多還舉了「無妄」（《古典新義》），謂皆古人之成語，不應拆開解釋。

3.「複語」，按此指由上下同義的兩個單音節詞平列而成的詞。王引之說：「古人自有複語」，「往往有平列二字上下同義者，解者分爲二義，反失其指」（《經義述聞》）。如《易・泰・象傳》：「裁成天地之道，輔相天地之宜」，王引之謂：「『裁』之言『載』也，『成』也，『裁』與『成』同義而曰『裁成』；猶『輔』與『相』而曰『輔相』。」又如《易・隨・象傳》：「君子以向晦入宴息」，王謂、「『宴』之言『安』，『安』與『息』同義」；王氏又謂：《詩・卷耳》「我馬玄黃」，『玄』、『黃』皆『病』也」；《詩・民勞》：「無縱詭隨」，「『詭』、『隨』皆謂譎詐」；《詩・殷武》：「勿予禍適」，「『禍』與『過』通，『禍適』猶『謫過』也」；《周官・春官・太史》：「正歲年以敍事」，「『歲』與『年』同義」；《左傳・文十八年》：「天下之民謂之饕餮」，「饕餮本貪食之名，因謂貪得無厭者爲饕餮」；《左傳・宣十二年》：「旅有施捨」，「『施捨』之言『賜予』也。」王氏父子以後，劉師培、楊樹達等人又從古書中舉出許多例證，不再列舉。

二、對合成詞要注意詞的構成方式、如平列結構的不能誤作偏正結構

如《荀子・榮辱》：「是非知能材性使然也，是注錯習俗之節異也」，楊倞注：「『習俗』，所習風俗」，這是把「習俗」當作偏正結構。王念孫看出「知（智）能」、「材性」、「注錯（措）」皆平列結構；而且同書的〈儒效〉篇中「習俗移易」，〈大略〉篇中的「政

教習俗」，這兩處「『習俗』二字皆上下平列」，以此類比，可見楊倞顯然誤解。

反之，如《左傳・隱十一年傳》：「寡人唯是一二父兄不能共億」，杜注：「共，給；億，安也。」杜預把它看作平列結構；但「給」與「安」「文不相屬」，殊爲費解。王念孫改讀「共」爲去聲（卽：「相共」之「共」），謂「共億」猶今人之「相安」。這就易懂得多了。

由上兩例，可見對多音節詞語要注意其構詞形式。

第二節　必須分淸詞之虛實及詞義通別

一、分淸虛詞與實詞

王引之說：「經典之文，字各有義；而字之爲語詞（按卽虛詞）者則無義之可言，但以其足句耳。語詞而以實詞解之，則扞格難通。」如《書・禹貢》：「九州攸同」，《書・無逸》：「乃非民攸訓，非天攸若」，《詩・斯干》：「風雨攸除，鳥鼠攸去」，王引之謂：「攸義爲用」；而「解者以『所』字釋之，則失之矣」。又如《左傳・莊十四年》：「庸非貳乎」，《國語・晉語》：「吾庸知天之不授晉，且以勸荆也」，「庸非」卽「詎非」，「庸知」卽「豈知」，「安知」；而解者誤認「庸」爲實詞，釋「庸」爲「用」，義卽難通。又如《詩・柏舟》：「耿耿不寐，如有隱憂」，及《詩・車攻》：「不失其馳，舍矢如破」，兩個「如」字皆當訓「而」，而舊釋一爲「如有疾病之憂」，一爲「如錐破物」，不特犯添字解經之忌，抑且紆曲難通。又如《詩・終風》：「終風且暴」，《毛傳》解「終風」爲「終日風」，明系添字解經，不可爲訓；王念孫指出：「終」猶「既」，即「既風且暴」（以上均見《經義述聞》），則義極明白。故王引之說：「善學者不以語詞爲實義，則依文作解，較然易明」（同上）。

反過來說，有些詞看似虛詞，其實是實詞，如按虛詞解，也會致誤。如「所」字，現在常作虛詞用。然而，《漢書・周亞夫傳》：「此非不足君所乎？」之「所」與《漢書・佞幸・董賢》：「上有酒所」之「所」則顯然不是虛詞。王先謙、楊樹達釋「所」爲「意」，便易理解（見《古書疑義舉例續補》）。又如《荀子・非相》：「焉廣三寸，鼻目耳具，而名動天下」，盧文弨謂「焉」字爲發聲詞；劉師培認爲「『焉』非發聲詞，乃『咽』之異文。『焉』、『咽』古通，故『咽』字訓『安』，『咽』字亦有『安』義……咽卽咽喉之咽……故下文但云鼻、目、耳，而不及於口……」（見《荀子詞例舉要》）。總之，我們在訓釋古書時，碰到按實詞（或按虛詞）解而義有難通時，就應該改從虛詞（或實詞）來考慮。

阮元曾說過：「實詞易訓，虛詞難釋。」（〈經傳釋詞序〉）這是什麼緣故呢？我們認爲，一是缺少故訓爲依據。因爲古訓詁書（包括傳注）中對於虛詞，雖也偶有解說（如《說文》對「乃」、「皆」等字），但一般多只注「詞也」兩字。因此，只能根據上下文的文義或根據古書中類似的語句歸納比較。王引之說：「揆之本文而協，驗之他卷而通，雖舊說所無，有可以心知其意者」（〈經傳釋詞序〉），講的就是這種方法。這比之實詞之有故訓可據者，當然要難些。但自劉淇、王引之以來，已有不少人做了這種歸納工作，寫出了一些詞典式的書，如《助字辨略》、《經傳釋詞》、《詞詮》之類，給後來的人以很多方便。二是虛詞與實詞一樣，也是一詞多義，在常用義外，還有許多特殊義項或特殊用法。如「以」字用如「而」字；「于」作「以」義用；「者」作「然」義用；「自」作「雖」義用；「也」與「邪」，「雖」與「唯」，「之」與「其」，有時通用；「故」字用在句尾，而「焉」字用到句首，皆屬例外之例。這些，《經義述聞》、《經傳釋詞》、《古書疑義舉例》等書中論述甚夥，這裏不再詳述。我們讀書、注書時，對此皆應注意。

二、注意分清詞義的區別與相通

前面講過，對詞義要「同則同之，異則異之」，「異之」就是要辨析詞義的區別，「同之」就是要了解詞義的相通。這裏應該說明的有下列幾點：

從哪些方面來區別詞義

1. 從所指時間上區別：如《左傳》：「一宿爲舍，再宿爲信，過信爲次。」《穀梁傳》：「春曰田，夏曰苗。」《公羊傳》：「春曰祠，夏曰礿。」

2.從特定內容上區別：如「懷」、「慮」、「願」、「念」，皆訓「思也」，但「懷，念思也」，「慮，謀思也」，「願，欲思也」，「念，常思也」（《爾雅義疏》）。

3.從主動或被動關係區別：如《公羊傳》：「伐人者爲客，讀伐，長言之；見伐者爲主，讀伐，短言之。」又如《說文》：「聽，聆也」；「聞，知聲也」。段玉裁注說：「往曰聽，來曰聞。」表明一爲主動，一爲被動。「望」與「見」亦與此同。

4.從程度上區別：如《論語・子罕・鄭注》：「病，謂疾加也。」段玉裁《說文解字注》云：「析言之則病爲疾加，渾言之則疾亦病也。」是病之與疾，雖渾言則同，而析言則有程度輕重之別。

5.從部位、位置上區別：如「牙齒」，段玉裁《說文解字注》：「統言之，皆稱牙稱齒；析言之，則前當脣者稱齒，後在輔車者稱牙。」又《說文》：「房，室在旁也。」

6.從所指的角度區別：如段玉裁在「俳」字注下說：「以其戲言之謂『俳』，以其音樂言之謂『倡』，亦謂之『優』，其實一也。」

7.以物類不同區別：如《廣雅》：「乳」、「孚」同訓「生也」，但《說文》則謂：「人及鳥生子曰乳，獸曰產」。《一切經音義》引《通俗文》：「卵化曰孚。」《說文》段注：「人曰肌，鳥獸曰肉。」「切」、「磋」與「磨」亦與此同。蓋《爾雅》、《廣雅》連類而言。

往往就其通者概括言之；而《說文》每字疏釋，故往往就一字之特點（卽別者）說明。

8.從方言區域區別：如《爾雅》：「瘵」、「瘼」皆訓「病也」。郭璞注曰：「今江東呼病曰瘵，東齊曰瘼。」《方言》中這類更多。

9.從形狀、顏色、產地等方面區別：這在《爾雅》、《方言》、《廣雅》中爲例甚多，這裏不再列舉。

10.從使用時間先後區別：如「皮」，漢以後才用指人的皮膚。「禽」字先用作動詞，後用作名詞。「獸」字，古時亦用作動詞。又遠古時，宮室均與穴居有關，在《爾雅》中「宮」、「室」尚互訓，後來才有區別。又如顧炎武指出：「信」在先秦爲符驗之別稱；漢始用指「使人」；以後（約爲唐）才用指「書信」。段玉裁指出：在先秦「履」本訓「踐」，與「屨」不同；漢以後以爲履名，始與屨混一。段又謂：「僅」在唐代只是「庶幾」義，後來才有「祇」義。又如王力謂：「稍」字在上古指「漸」義，無「略微」義；唐代還有漸義，但已有用指略微者。又如「勤」，《說文》：「勤，勞也」，這一本義到唐時還沿用；但「業精於勤」已產生了「努力、勤奮」這一新義。「消息」這詞，原同「消長」，到五、六世紀時，才有用指「音信」者（《漢語史稿》）。前人還注意通俗語言中某一詞語的起源。錢大昕謂：「頻頻」爲漢人語，「十字」一詞始見《晉書》，「乾笑」、「乾忙」之「乾」字用法，始於六朝，而以「旬」稱年卻始於唐中葉（《十駕齋養新錄》）。翟灝謂「點心」

一語出於唐（《通俗編》）。成瓘謂「囤積」之「囤」爲「囷」之別體，始見《宋書》、《魏書》；「打造」、「打傘」、「打魚」之「打」（作丁雅反）是「自宋已然」（《篛園日札》）。

怎樣觀其會通

《爾雅》、《廣雅》等書用同義歸納的方法，把一些詞義相同、相通的字放在一起，目的卽在於使人能夠觀其會通。當然這並不是說這些字都是可以互訓的同義詞，它們中間還是有差別的。如《爾雅》：「林」、「烝」與「皇」、「王」、「后」、「辟」同訓爲「君」，但郝懿行指出：「林」、「烝」義實指「羣」，與「皇」、「王」等異（《爾雅義疏》）。

但是，也應看到其間也有相通之處。如「林」、「烝」爲羣，但《釋名》：「君者，羣也。」故「君」與「羣」又有着語源上的關係。又如前舉「憭」字爲什麼能有「明快之意」呢？王念孫指出：「憭卽《方言》『了』字也。」並引《說文》：「憭，慧也」，《方言》郭璞注：「慧，憭皆意精明。」「意精明」、「明快」與「急疾」兩者之間在意義上是自有聯繫的。這是從語源上來看的。

另一種是從詞義的範疇來看的。如《說文》見部：「䚕，求視也」；「覣，好視也」；「[彔見]，笑視也」；「[員見]，外博衆視也」；「觀，諦視也」。這是就其別而言之的。但如就其通來說，則會同於「視」。「相」、「察」等亦同。這是前面說過的「大名」（通）與

「小名」（別）的關係。

再一種是「析言（對文）則異，渾（統）言則同」。如《詩・毛傳》說：「直言曰言，論難曰語」，是「言」「語」二字義近而又有微別；但郝懿行則指出：「言語二字，對文則別，散則通」（《爾雅義疏》）。段玉裁也說：「凡統言則災亦謂之祥，析言則善謂之祥」（《說文注》）。

注意詞義的反覆旁通

客觀事物皆是對立統一的，因而在一定條件下，詞的含義會對立而轉化，形成相對立的兩種意義並存在一個詞裏的現象。這種現象在古漢語裏特別突出。郭璞在《爾雅注》中說：「肆，既爲故，又爲今，今亦爲故，故亦爲今，此義相反而兼通者也。」又說「以徂爲存，猶以亂爲治，以曩爲曏，以故爲今，此皆詁訓義有反覆旁通，美惡不嫌同名。」《方言》：「苦，快也。」郭璞注曰：「苦而爲快者，猶以臭爲香，亂爲治，徂爲存，此訓義之反覆用之者也。」劉師培以此稱爲「二義相反，而一字之中兼具二義之例」（《古書疑義舉例補》）。按：前引《墨子・經上》：「已，成；亡。」《經說》舉例說：「爲衣，成也；治病，亡也。」製衣衣已，是衣之成；治病病已，是病亡失。「成」與「亡」義雖相反，而「已」則兼有此二義。「臭、香」，「治、亂」，「徂、存」，「苦、快」，與此同理。這就是通常說的「反訓」，是訓詁上的一條重要原則。劉師培又舉了「郁」、「陶」、「繇」

三字，以爲「憂喜皆生於『思』，故『郁』、『陶』、『繇』三字均兼有憂、喜二義。」而「慢易」（謾臺）既可用指「怠忽」，也可用指「畏懼」；「誠信謂之『穆』，而不誠亦謂之『穆』」；「『介』字兼有大、小二義」；「『終』有末義」，又「訓爲『自』」，則又有『從』、『起』之義」；「『一』爲決定之詞……又爲或詞」；「『應合』爲『宜』」，計而未定亦或爲『宜』」；「『不可』爲『豈』」，『或可』亦或爲『豈』」；「『苟』爲誠詞，又爲粗且之詞」；「『誠』爲實詞，又爲未定之詞」（《古書疑義舉例補》）。由上看來，美惡、大小、始末、肯定不肯定……這些相反的概念，在古人每每可以用同一個詞來表示。

與此相類的，還有「『施』、『受』同辭」。楊樹達云：「古人美惡不嫌同辭，俞氏書已言之矣。乃同一事也，一爲主事，一爲受事，且又同時連用，此宜有別明矣；而古人亦不加區別，讀者往往以此迷惑，是亦讀古書者不可不知也。」他舉《公羊傳・莊二十八年》：「《春秋》：『伐者爲客，伐者爲主』」爲例，並加以說明：「『伐者爲客』之『伐』，指伐人者，主事之詞也；『伐者爲主』之『伐』，指見伐者，受事之詞也，而《公羊傳》文皆只曰『伐』。」他又舉《史記・范雎蔡澤列傳》：「人固不易知，知人亦未易」，指出前句「謂賢者不易見知於人，此『知』字受事之詞也；知人亦未易也，『知』則主事之詞。」他還指出：授、受，買、賣，糴、糶……在古代也是混合不分的。

我們了解了詞義的反覆旁通，對訓釋古書是很有幫助的。例如《詩・大序》：「哀窈窕，思賢才」之「哀」字，按常用義「哀傷」來解，是無法解通的。鄭玄訓「哀」爲「衷」，意思亦欠顯豁。錢鍾書謂：「『哀』即『愛』。」他引《淮南子・說訓》與《呂氏春秋・報更》二書之高誘注：「哀，愛也」爲證，義便明白。「哀」義爲「哀傷」，而又爲「喜愛」，這裏用的也是反訓的方法。又如《九章・懷沙》：「汩徂南土」，舊注以「徂」訓「往」，因而與下文之「北次」矛盾。（按：「徂」雖訓「往」，但又可訓「存」，則有「留止」、「阻滯」之義。）竊謂〈懷沙〉之「汩徂南土」，蓋指「上沅」，「入漵浦」時留滯漵浦山中而言；次年折而北返，行至沅湘交流之處，而賦此篇，故云「北次」。這樣便文從字順，毫無扞格。這裏也是運用反訓方法的。由此兩例，可見反訓在訓釋古書中的作用。

上面所說諸例，雖皆相反兩意融合於一字之中，但同時還是「只取一義」；另外，還有一種情況，即錢鍾書指出的：「一字多義之同時合用」，他曾以「《易》一名而含三義：易簡一也，變易二也，不易三也」及《毛詩正義》講的「《詩》有三訓，承也，志也，持也」等等爲證（《管錐編》第一册），發前人所未發，足以啓讀書者之神思。

第三節　必須體會文理、語氣，注意修辭特點

古代漢語的詞法、句法與現代漢語不同，這是學過古代漢語課的人皆能知之的。如俞樾

所舉的《公羊傳・宣十年》：「勇士入其大門，則無人門焉者」，後一個「門」字，以名詞用作動詞，這是古代漢語中常見之現象。至如劉師培所言：「使用器物之詞，同於器物之名」，如「涂物之具或謂之『鏝』，或謂之『杇』，而所涂之物，亦或稱爲『漫』，或稱爲『汚』」，及「草謂之『蘇』，取草亦謂之『蘇』，草謂之『芻』，取草亦謂之『芻』」，「薪謂之『樵』，而採薪亦謂之『樵』」。雖也是名詞用爲動詞，但在漢以後，這樣用法已經很少。就詞序言，如《尚書・無逸》：「文王卑服即康功田功」，章太炎認爲義同「俾（馬云：使也）文王卽服康功田功」，謂是「先名詞，次及動詞，又次及助動詞」，與通常用的古漢語教材中所講的詞序也不同。俞樾亦謂《尚書・君奭》之「迪惟前人光」爲「猶云『惟迪前人光』」，而「天惟純佑命」猶云「惟天純佑命」，並指爲「古人文法之變」，黃侃亦云：「古人詞言之法，自與今異……古人之文，非可以後世文法求之」（〈尚書條例〉），亦是此意。

這裏着重講下列幾點：

一、聯繫上下文，領會古人的語意、語氣

1. 要注意句中詞語的連屬。如《詩・谷風》：「伊予來塈」，《毛傳》釋「來」爲「始來之時」。王引之看出：如此，則「伊予來」與「塈」字義不相屬，他斷定《毛傳》這一訓

釋是不確的；因此，他改訓爲：「伊，惟也；『來』猶『是』也；皆語詞（虛詞）也。『塈』讀爲『愾』。愾，怒也……言惟我是怒也。」本來很費解的句子，這一來便明白如話了。這是由於釋者在注意詞義的同時，更注意了句子中詞與詞的聯繫，注意了文理、語氣的通順。

2.要注意上句與下句的連接。如《詩・行露》：「豈不夙夜，謂行多露」，馬瑞辰謂：「『謂』疑『畏』之假借。凡《詩》上言『豈不』、『豈敢』者，下句多言『畏』。〈大車〉：『豈不爾思，畏子不敢』，『豈不爾思，畏子不奔』。〈出車〉：『豈不懷歸，畏不能趨』……《左傳》引逸詩：『豈不欲往，畏我友朋』，與此詩句法相類。」把同類句法加以比較，特別注意了上下句之間的關連，從而確定詞義，因之，所釋能以使人感到犁然當心。

3.合乎文理，其實也就是要合乎事理。如《墨子》：「舉公義，辟私怨」，畢沅謂：「『辟』讀『辟舉』之『辟』。」俞樾說：「此說非也。豈有私怨者，不問其賢否而概辟舉之乎？」俞樾正是從事理上進行分析判斷而駁斥了畢說的。他接着指出：「《爾雅・釋言》：『辟，除也』，『辟私怨』謂惟公義是舉，而私怨在所不問，故除去之也」（《諸子平議》）。

4.要注意上下文的雙關。《左傳》：「是食言多矣，能無肥乎？」沈欽韓《左傳補注》引《爾雅》：「食，僞也。」郝懿行亦云：「『食』亦訓『譌』，不必因『言』以見。」今按，果如沈、郝之說，則與下文「肥」字不相應了。杜注訓「食」爲「消」。《爾雅》邢疏亦引《左傳》此文而申述之曰：「言而不行，如食之消盡。後終不行，前言爲譌，故通稱僞言爲食言。」「食言」本是形象性的說法，意謂說出來又將其吃下消盡，故接言「能無肥乎?」杜注、邢疏爲得其實。《爾雅》是就引申義說的，但沒有說清，沈、郝拘泥古訓，不顧上下文義，反失其義。又《左傳》：「今若吾子曰『必尋盟』，若可尋也，亦可寒也。」《公羊傳注》：「『尋』猶『繹』也。」《辭源》釋「尋盟」爲「重申舊盟」，但皆未明「可尋」與「可寒」成爲「對文」之故。沈欽韓據《儀禮》注疏及《中庸注》，謂「尋」本作「燖」。《禮記・內則・釋文》：「燖，溫也」，統觀上下，文義相貫，而且妙語雙關，與「食言」相同。可見注意語句之連屬，不僅有助於探明語義，還有助於欣賞。

5. 注意書中人物語氣。

(1)語氣的緩急。俞樾謂：「古人語急則兩字可縮爲一字;語緩則一字可引爲數字。」前者如「『如』即『不如』」，「『敢』爲『不敢』」，「『哆』即『畔哆』」;後者如《左傳・襄二十三年》：「繕完葺墻以待賓客」，「止是『葺墻以待賓客』」，《左傳・昭十六年》：「庸次比耦，以艾殺此地」即「比耦以艾殺此地」(《方言》：「庸、恣，比、侹、更、迭，代也」，「庸」與「次」、「比」義同)。

(2)語句的繁複。如《左傳》：「一薰一蕕，十年尙猶有臭」，俞樾謂：「『尙』即『猶』也」。《荀子・宥坐》：「女庸安知吾不待之桑落之下」，「庸」亦即「安」。這是語詞的複用。從句子說，如《孟子．梁惠王》：「故王之不王，非挾泰山以超北海之類也；王之不王，是折枝之類也。」看來雖似不必要的繁複，實則傳出了當時的神情。

(3)據古人當時語氣直述。如《尚書．顧命》：「奠麗陳教，則肄肄不違」，江聲云：「『肄肄』，重言之者，病甚，氣喘而語吃也。」又如《史記．高祖本紀》：「諸侯將相共請尊漢王爲皇帝。漢王三讓，不得已，曰：『諸君必以爲便便國家』。」錢玄同謂：「上文重言『便便』，『便國家』之下，亦本當有表示允諾之辭，而高祖蹇澀未言，史公亦即據情述之，而高祖急於稱帝之心及其故爲推讓之狀，躍然如在目前。」又《史記．張蒼傳》：「昌爲人吃，又盛怒，曰：『臣口不能言，然臣期期知其不可，陛下欲廢太子，臣期期不奉詔。』」亦是對當時語氣的描摹。

(4)特別是敍事中「一人之語未竟，而他人插語」，讀者如不知此例，則頗難理解。如《左傳．襄二十五年》：「丁丑，崔杼立而相之，慶封爲左相，盟國人於太宮曰：『所不與崔慶者！』——晏子仰天嘆曰：『嬰所不唯忠於君利社稷是與，有如上帝！』乃歃。」杜預注云：「盟書云：『所不與崔慶者有如上帝』，讀書（盟書）未畢，晏子抄答易其辭，因自歃。」這一注解很能說明原意。蓋當時「與公與私（崔慶）」，「不容猶豫」，故晏子「不及待崔慶詞之畢，而急遽言之；記述者據情寫出，而晏子犯難忠國之情躍然如見」（楊樹達《古書疑義舉例續補》）。

(5)古代文獻中還有記敍與對話雜在一起的，也有夾敍夾議的，讀書時尤應注意。如《左傳·殽之戰》：「秦伯向師而哭曰：『孤違蹇叔，而以貪勤民，孤之過也；不替孟明，孤之罪也。大夫何罪？且吾不以一眚掩大德。』按常規只能如上標點，但如此，義實難通。蓋孟明即「大夫」之一。王念孫謂：「不替孟明」下省一「曰」字，意謂當讀作「孤違蹇叔……孤之過也」，不替孟明，〔曰〕：「孤之罪也；大夫何罪……」即以「不替孟明」四字爲史家記事之辭。俞樾認爲王氏解此四字是對的，但「曰」字並非脫文，因爲古書中往往「敍論並行」，原不必加「曰」字。這個說法是對的。此外，還有「一人之辭而加『曰』字」與「兩人之辭而省『曰』字」以及行文的「不嫌疏略」、「不避繁複」，大約皆本之當時語氣之自然，講訓詁的人，必須知道此種例外之例。

二、根據古人修辭的習慣，推定詞義

注意對文

古代文獻語言中，對偶、排比甚多，即使不是對偶、排比的句子，也有相對爲文的地方。對於這些，我們可以從詞義之是否相對來看出解釋之是否確切。如《荀子》：「譬之越人安越，楚人安楚，君子安雅」，句屬排比，「楚」、「越」與「雅」當爲對文，楊倞把「雅」解釋爲「正而有美德謂之雅」，這就與上文「楚」、「越」不對，因此可以斷言其解釋未當。王引之說：「『雅』讀爲『夏』。『夏』謂中國，故與楚、越對文。」這樣解釋顯然是恰當的。

又如《墨子》：「夫仁人事上則竭忠，事親得孝，務善則美，有過則諫。」「得孝」既不詞，「務善」與「有過」亦不對。俞樾因此認爲：「『得』字『務』字傳寫互易。言事親務爲孝也，與『事上竭忠』相對；『得善則美』，言有善則美之也，與『有過則諫』相對。」可見注意了對文，即能校正典籍文字之訛誤；而文字一經校正，文義便不煩言而自解了。

又如《墨子・經下》：「廣與循」，這簡直無從索解。俞樾也是從對文的角度看出「循」應爲「修」字之誤。蓋「修」義爲「長」，與「廣」正相對爲文，而隸書「修」與「循」字形相似，古書上此二字互誤者不可枚舉。

俞氏又說：「凡大小長短是非美惡之類，兩字對文，人所易曉也；然亦有其義稍晦，致失其解者。」他舉了《尙書・洪範》：「木曰曲直，金曰從革」，並指出「曲」、「直」對文，則「從」、「革」亦當爲對文。但乍一看來，「從」與「革」並不對，「其義」既「稍晦」，因而歷來注家皆「失其解」。俞氏既注意了對文，復知《後漢書・外戚傳・注》中「從」有「因」、「由」兩義，因而斷言：「蓋『從』之義爲『由』，故亦爲『因』。『從革』即『因革』也。金之性可因可革，謂之『從革』，猶木之性可曲可直，謂之『曲直』也。」俞氏還把《國語・楚語》之「吾聞君子唯獨居思念前世之崇替」之「崇替」釋爲「猶言『興廢』」；把《管子・王輔》之「修道途，便關市，愼將宿」之「將宿」釋爲「猶言『行止』」，使人感到犂然當心，皆由注意了對文之故。

注意省文

古書中常有省略，不待多說，玆就比較罕見而有助於訓詁者略言之：

1省字：

(1)蒙前而省。如《左傳・定四年》：「楚人爲食，吳人及之，奔，食而從之。」杜注：「奔食，食者走。」俞樾指出：「『奔食』二字，文不成義」；他認爲「『奔』上當有『楚人』，『食而從之』上當有『吳人』字，蒙上而省也。」我們認爲俞說是較爲通達的。

(2)探下而省。如《詩・七月》：「七月在野，八月在宇，九月在戶，十月蟋蟀入我床下」，「七月」、「八月」、「九月」皆謂「蟋蟀」，蓋探下而省。

(3)記言省「曰」字。前面已講到；又如《史記・屈原列傳》：「懷王稚子子蘭勸王行，『奈何絕秦歡?』」「行」字下亦省「曰」字。此類省略在古書中甚多。楊樹達《古書疑義舉例續補》中所舉亦復不少。

(4)反言省「乎」字。如《老子》：「是以聖人爲而不恃，功成而不居，其不欲思賢。」俞樾謂句末當省「乎」字，文義始明，並云「凡若此類，當善會之」，否則，誤「以反言爲正言」，就會「與古人意旨刺謬」。

2省句。如《管子・立政・九敗解》：「人君唯毋聽寢兵，則羣臣莫敢言兵」，上下二句，文義不貫。楊樹達謂：「此本當云：『人君唯毋聽寢兵，聽寢兵，則羣臣賓客莫敢言兵。』……乃《管子》以語急而省去一句。」他還舉《史記・外戚世家》：「兩人所出微，不可不爲擇師傅賓客，又復效呂氏大事也」，並指出：「又復」句上因避復而省了「不爲擇師傅賓客」一句（《古書疑義舉例續補》）。指出這些，對理解文義是很有幫助的。

與「省文」相近似的，俞樾還指出「文具於前而略於後」及「文沒於前而見於後」，「舉此以見彼」等例，具見《古書疑義舉例》，玆不再引。

3「從一省文」與「因一兼言」，這也是「省文」之一種形式。如《左傳・襄二年》：「以索馬牛皆百匹」，孔穎達《正義》云：「牛當稱『頭』，而亦云匹者，因馬而名牛曰『匹』，兼言之耳。經傳之文，此類多矣。《易・繫辭》：『潤之以風雨』，《論語》云：『沽酒市脯不食』，《玉藻》云：『大夫不得造車馬』，皆從一而省文也。」蓋「風」當言「被」，「酒」當言「飲」，「馬」當言「畜」，文中這些字都省去了。這些例子，前人多次舉過。

錢鍾書又舉出一些「因一兼言」之例。如說：「《禮記・學記》：『君子知至學之難易』，『難易』即難，困難而兼言易也。《正義》分別解釋，失之」（《管錐編》）。這不僅訂正了孔穎達的誤釋，也給讀古書者提示了應該注意之點。

注意變文

1古人行文有因避重複而變換字詞的。如《史記・蔡澤傳》：「如是而不退，則商君、白公、吳起、大夫種是也。」這裏說的「白公」，並不是白公勝而是白起。李笠《史記訂補》：「以下有吳起，避『起』字複耳。」又如《漢書・翟方進傳》：「兄宣，靜言令色，外巧內嫉」，「靜言」義頗難解。楊樹達謂：「此用《論語》『巧言令色』之文，變『巧』言『靜』者，以避下文『巧』字。」六朝人作品中，此類尤多。懂得古人有此習慣，將其改按原文讀之，便甚易解。

2上下文變換虛字，俞樾舉出《論語・述而》：「富而可求也，雖執鞭之士，吾亦爲之；如不可求，從吾所好。」「而」即「如」字。《史記・欒布傳》：「與楚則漢破，與漢而楚破。」上句用「則」，下句用「而」，「而」即「則」也。

3變文協韻。如《詩・蓼蕭》：「既見君子，爲龍爲光」，本來應說「爲龍爲日」，因爲要押韻，把「日」換成「光」。又《詩・柏舟》：「母也天只，不諒人只。」《毛詩》：「天謂父」，「父」稱爲「天」，亦是爲了協韻。

注意倒文

1倒用字。《左傳・昭十九年》：「諺所謂室於怒，市於色者。」俞樾指爲倒句，馬敍倫謂只是倒用字。又《禮記・射義》：「發而不中，則不怨勝己者，求反諸己而已。」姚維銳謂：「『求反諸己』，猶言『反求諸己』，倒文成句也。」姚又舉《左傳・昭十三年》：「我之不共，魯故之以」，爲「猶言因魯之故」。他還認爲《水經》：「呂望行年五十」之「行年」猶言「年將」，亦指爲倒文。

2倒句。如《禮記・檀弓》：「誰歟哭者？」《孟子・盡心》：「死矣！盆成括。」這些是容易明白的。還有如《左傳・閔元年》：「士蔿曰：『太子不得立矣……不如逃之，無使罪至，爲吳太伯，不亦可乎？猶有令名，與其及也』。」楊樹達謂：「此文順言之，『與其及也』一句，當在『不如逃之』之上。」又《管子・戒篇》：「中婦諸子謂宮人盍不出從乎？君將有行。」楊樹達謂：「本當云：『君將有行，何不出從乎？』以語急而文倒。」

3倒文協韻。《詩・既醉》：「其僕維何？釐爾女士。釐爾女士，從以孫子。」俞樾謂：「女士者，士女也；孫子者，子孫也。皆倒文以協韻。」他如「衣裳」之言「裳衣」，「琴瑟」之言「瑟琴」（《詩經》），「始終」之言「終始」（《淮南子・原道訓》），「東西」之言「西東」（〈鵩鳥賦〉），這些大體皆由協韻而倒。

注意互文

漢人注書，已注意到互文。如《禮記・坊記》：「君子約言，小人先言」，鄭玄注云：「『約』與『先』互言耳。君子約則小人多矣，小人先則君子後矣。」後來孔穎達亦注意及此。如《易・損》：「象曰：君子以懲忿窒欲。」《正義》解云：「懲者息其既往，窒者閉其將來；忿、欲皆有往來，懲窒互文而相足也。」又《左傳・宣十二年》：「隨武子曰：『貴有常尊，賤有等威，禮不逆矣。』」《正義》解云：「言『貴有常尊』，則當云『賤有常卑』，而云『賤有等威』者，威儀、等差，文兼貴賤，既屬『常尊』於『貴』，遂屬『等威』於『賤』，使互相發明耳。」又十四年：「申舟曰：『鄭昭宋聾』。」《正義》解云：「『鄭昭』言其目明，則宋不明也；『宋聾』言其耳闇，則鄭不闇也。耳目各舉一事以相反。」綜合以上諸例，便可對互文的作用了解得較清楚。

了解這一點，對解釋古文也是有作用的。例如〈醉翁亭記〉：「泉香而酒冽」，究其實也當是互文，即謂泉香冽而酒亦香冽；又韓愈〈羅池廟碑記〉：「春與猿嘯兮，秋鶴與飛」，亦是說春與猿嘯與鶴飛而秋亦與猿嘯與鶴飛。

注意借代

俞樾指出：「古人之文有舉大名以代小名者。」如《儀禮・既夕》：「乃行禱乎五祀」，鄭注：「五祀，博言之；士二祀，曰門，曰行。」鄭意是所祀的雖然只有門、行兩者，但說成了「五祀」，那是舉大名以代小名。俞樾又謂《春秋》書「盟於宋」、「會于曹」，只講國名不講地名，也是舉大代小，陳望道謂即「以全體代部分」。陳又舉《左傳・文十三年》：「子毋謂秦無人，吾謀適不用也」，指出這個「人」字專指人中一部分的「識者」（《修辭學發凡》）。俞樾又舉《詩・采葛》：「一日不見，如三秋兮」，以「秋」代歲，謂爲「以小名代大名」，陳望道謂亦是「以部分代全體」。又劉師培講的舉偏概全，如謂「古者禽該鳥獸言」（如《易》：「失前禽」，《孟子》：「終日不獲一禽」，皆兼禽獸而言），亦是以部分代全體之例。又如楊樹達舉《孟子・滕文公上》：「許子以釜甑爨、以鐵耕歟」之「鐵」指的是「犁」，「不言『犁』而言『鐵』者，以犁爲鐵也。由此，楊進而指出：「物質可以表物，故凡同質之物，皆可以其質之名表之」，如「金」或指「鏇」，或指「兵」，或指「鐘鼎」，或指「和鑾」，或謂「刀鋸斧鉞」，或謂「印」，「以諸物皆是金制耳」。楊樹達所講的卽陳望道講的「事物和事物的資料或工具相代」。陳還指出：「事物和事物的特徵或標記相代」，「事物和事物的所在或所屬相代」，「事物和事物的作用或產地相代」等，亦可資參證。

注意虛數

劉師培說：「虛數不可實指。」這一點，汪中早就指出。汪在《釋三九》中說：「凡一二所不能盡者，則約之以三以見其多，三之所不能盡者，則約之以九以見其極多……推之十百千萬，莫不皆然。」劉師培則謂古書上講的「百官」、「百工」、「百物」、「三百」、

「三千」並「三十六」、「七十二」等皆是對「浩繁之數，有不能確指其數者」，屬於「表象之詞，不必確求其數」，而且「古人記數，有出於懸揣之詞，所舉之數，不必與實相符。」還有用以誇張者，例如《論語》說的齊桓公「九合諸侯」，前人力圖湊成九數，結果衆說紛紜，皆難切當；而如作爲虛數來看，便不煩言自解。

三、六、九之爲虛數，經汪中指出後，學者大概皆知；還應指出的是四、六等字亦可作爲虛數。如《莊子．天下篇》「六通四辟」，高亨謂「疑『六通四闢』言其多所開達也，『六』與『四』表其多數而已」（《文史述林》）。此亦可供參考。

第四講 訓詁的方式、方法

第一節 代言與義界

一、何謂代言

以一個詞解釋另一個詞，古人稱爲「異言相代」，簡稱「代言」或「代語」。從形式說，有點像現代的「今譯」。司馬遷在寫《史記》時，把《尚書》中一些難懂的詞語，用當時易懂的詞語替換下來，如〈堯典〉：「協和萬邦」，〈五帝本紀〉寫作「合和萬國」；「厥民析」寫作「其民析」；〈禹貢〉：「奠高山大川」之「奠」寫作「定」；「是降丘宅土」寫作「於是民得下丘居土」……這是以今語來代替古語，也就是用今語替古語作解釋。後來注釋《尚書》的人，對這些詞語也就是據此訓釋的（如孫星衍《尚書今古文注疏》）。又如《詩・蒹葭》：「白露未晞」，《毛傳》：「晞，乾也」；《詩・匪風》：「中心弔兮」，《毛傳》：「弔，傷也」；《詩・墓門》：「斧以斯之」，《毛傳》：「斯，析也」。用的也是此種代言方式。簡捷明了，確有長處。因之，直到今天，我們編寫字、詞典或注釋古書時還常常用之，如《辭海》：「棍：棒」；「梠：楣，屋檐」。

二、代言與互訓、遞訓、同訓

按常理說，既然「異言相代」，那就必須相代的兩個詞義蘊完全相同。因此，古訓詁書中一些異言相代的字往往「互訓」。所謂「互訓」，即以此字訓彼字，又以彼字訓此字。在《說文》中，互訓之字共三百八十個。如：善與吉，謹與愼，警與戒，誠與敕，竢與待，孏與鬌，猒與飽，更與改，逮與及，赦與置，窒與穽，飾與刷，征與召，棄與捐，慙與媿，耻與辱，並與併，內與入，寄與托，束與縛，減與損，橐與括，明與照，底與下，躳與身，頭與首，立與侸，逃與亡，嗁與號，問與訊，儇與慧，技與巧，歌與咏，完與全，斷與截，創與傷，殺與戮，珍與寶，甘與美，邦與國，傳與遽，穜與埶，耕與犂，坡與阪，繒與帛，炊與爨，桀與弋，牒與札，牴與觸，豕與彘，蝗與螽，鴟與雗，雕與鷻……皆是。具體地說，即「謹」訓爲「愼也」，而「愼」又訓爲「謹也」。其他類推。

互訓之外，還有「遞訓」。所謂「遞訓」，即以乙訓甲，復以丙訓乙。以《說文》言，如「斂，收也」，「收，捕也」；「搖，動也」，「動，作也」；「課，試也」，「試，用也」；「無，亡也」，「亡，逃也」；「犯，侵也」，「侵，漸進也」；「過，度也」，「度，法制也」。

還有一種被稱爲「同訓」的方法，卽以甲字訓乙，又以訓丙。換言之，卽對兩個或兩個以上的字，用相同的一個字來解釋。如《說文》：「成，就也」，「造，就也」；「轉，還也」，「償，還也」。

這三種方法，就詞典編纂來說，是有缺陷的。因爲：

1.從理論上說，世上完全同義的詞很少，而且一個詞往往有兩個以上的意義；而所謂同義詞，也只是在某一個意義上是相同的。

2.就實際情況說，如上舉各例中，「過」訓爲「度」，義指「度過」，而「度」訓爲「法」，則是「法度」之「度」，「過」是不能解作「法」的。同樣情況，「轉」也不能解釋爲「償」。

3.就詞典作用說，如果先查甲字，見說等於乙字，再查乙字，又說等於甲字，這樣就查了等於未查。「互訓」的缺點在這裏表現得很明白。再說，如果查了甲字，見說等於乙字；而乙字的解釋又是另一字，這樣，也會使查的人感到無所適從。可見「遞訓」也是有缺點的。王力在〈理想的字典〉一文中指出上述三者的缺點，是有其必要的。

但就訓詁資料來說，古訓詁書中保存的互訓、遞訓、同訓的記錄，還是有作用的。

1.先說「互訓」。劉師培說：「互訓之起，由於義不一字，物不一名，則從方俗語殊，各本所稱以造字。」蓋由時代之異，方域之異，命名之人各名其物，造字之人各造其字，名與字雖不相同，而所指實則無異，這就是顧野王說的「字各而訓同」，因而兩者就可以互爲訓釋。這就是說，字的互訓是客觀存在的。例如，《爾雅》中「宮謂之室，室謂之宮」，從秦漢以後看，「宮」與「室」字義不同，不能互訓；但是《爾雅》告訴我們這兩字在上古時曾是義蘊相同，可以互訓的字。又如《說文》言：「入，內也（段注：自外而中也）象從上俱下也。」又《說文》：「內，入也（段注：今人謂所入之處爲內，乃以其引申義爲本義也。互易之，故分別，讀奴答切，又多假『納』爲之矣。《周禮注》：『職內主入也……』，然『職內』之『內』是本義，『內府』之『內』是引申之義），從冂（段注：小徐曰冂音坰，按當音覓），自外而入也。」這不僅使我們看到詞義的歷史變化，還使我們看到本義與引申義之間的關係。郭璞說《爾雅》「通古今之異語，明同實而兩名」，古書互訓的字，正表明「兩名」在某一時候曾經是「同實」的。

2.從遞訓說，亦非全無可取。如《爾雅．釋言》：「葵，揆也」，「揆，度也」，郝懿行曰：「《爾雅》本爲解經（而作），經有『葵』字，乃『揆』之假借，故此釋云葵卽揆也，亦如『甲，狎』、『幕，暮』之例。且「經典『揆』俱訓『度』。」關於遞訓之作用，郝氏此說最爲明晰。又如「速，征也」，「征，召也。」按《詩・行露》「何以速我獄」，《毛傳》：「速，召也。」「召」有「招」義，故《列女傳》云：「致之於獄。」又《詩・伐木》「既有肥羜，以速諸父」，「速」亦「召」也，故「速客」卽「召客」。

舉此兩例，遞訓的作用，已可明白。

還有三字、四字遞相爲訓的，如《尙書大傳》：「閑之者，貫之也；貫之者，習之也。」意與上同。又如《說文》：「論，議也」，「議，語也」，「語，論也」；又「譀，誕也」，「夸，譀也」，「誕，詞誕也」，「𧬈，譀也」。如就字典言，這樣互訓，自不便於求解；但它有助於了解詞義的會通。《說文》中還有些字也可以這樣看，如「揖，攘也」，「攘，推也」。

3.再就同訓來看，它也是有作用的。因爲同訓實際上卽同義歸納的一種形式。《爾雅》、《方言》、《廣雅》諸書皆用這種同義歸納的辦法，所以「總絕代之離詞，辨同實而殊號」。蓋由古今或方言之不同，各時各地的人「各本方言造文字」，所以一義有了許多字。把它們滙集到一起，能使人們知道它們意思相同。

當然，這種「同」，主要指義有相通的地方；我們還應看到同中之異。陸佃已指出《爾雅・釋詁》：「臺、朕、陽之『予』爲『我』；賚、畀、卜之『予』爲『與』。」又如，《廣雅》：「朋、黨、毖、右、頻，比也。」王念孫《疏證》：「朋、黨、右、頻爲親比之比，毖爲比密之比。」又如「移」與「夷」、「誃」均訓「敡」，王謂：一「爲變易之易」，一「爲平易之易」。又如《廣雅》：「畏、仇、憝、患、慝、凶……，惡也」，王念孫《疏證》云：「此條『惡』字有二義，一爲善惡之惡，一爲愛惡之惡。」又如《廣雅》：「逞、苦、憭、曉、恔，快也。」王念孫區析「逞、苦」有「急疾之意」，而「憭」、「曉」、「恔」則爲「明快之意」，而「逞」還有「快欲」之「快」的意思。

但是，另一方面又要看到「同則同之」的一面，才能觀其會通。如《廣雅》、「婷、媮……，且也」，乍一看來，頗難理解。但王念孫指出：「婷，通作『姑』，『媮』通作『偷』。」「姑」、「偷」有「且」義，則是很明白的。

由上諸例，同訓可以使人看到詞義之相通：古訓詁書中同訓之紀錄，對我們考察詞義與語源有一定的幫助。

古訓詁書中還有以本字訓本字的。劉師培說：「此由字包數音，音包數義。或以虛義釋實義，或以此音擬彼音。」如《易經》：「比者，比也」，「蒙者，蒙也」，「剝者，剝也」；又《孟子》：「徹者，徹也」（《中國文學教科書》第一冊）。就現代人看來，這樣解釋等於不解，故今人注釋不能再用此法。但古人訓詁，師師相傳，原多耳提面命，出自先生之口，入於學生之耳，因之，這樣解釋還是有功效的。

還有在本字外增一字爲釋的。如《詩・邶風・靜女》：「靜女其姝」，《傳》：「靜，貞靜也。」「貞」與「靜」本來各爲一義，但這裏的「靜女」之「靜」，兼有「貞」義，故以「貞靜」釋之。〈大雅・瞻卬〉：「此宜無罪，汝反收之」，《傳》：「收，拘收也。」「收」有多種義項，這裏的「收」，義指「拘收」，故加「拘」以明之。又如〈小雅・六月〉：「比物爲驪」，《傳》：「物，毛物也。」〈十月〉：「十月之交」，《傳》：「之交，日月之交會。」〈鄘風・相鼠〉「相鼠有體」，《傳》：「體，支（肢）體也。」可見增一字，義便明白。

釋文中有本字，如作爲字典來說，這也是有缺陷的。因爲讀者不識本字才去查字典，如釋文中仍有此不識之字，即無從索解，故王力認爲「雖注等於不注」。但就注釋古書來說，對於多義之詞，如「交」注明「日月之交會」，「體」注明指「支體」，讀者也就能懂。「物」是「大名」，「毛物」是「小名」，注明了較易理解。《說文》上這樣的例子很多，如「石，山石也」，「與，黨與也」，「角，獸角也」，「味，滋味也」，「第，韋束之次第也」，「發，射發也」，「寬，屋寬大也」皆是。其實，我們現在寫文章也還常用這樣的方法，如王力〈理想的字典〉中就有「漸水」的「漸」假借爲「逐漸」之「漸」，這就無異於「漸，逐漸也」。

此外，對於聯綿詞，《說文》每在一個字下注明這個詞的詞義，而在另一字下則只注明它屬於這一聯綿詞，如「忼，忼慨也。忼慨，壯士不得志於心也」，「慨，忼慨也」；「悃，悃愊，至誠也」，「愊，悃愊也」；「嵯，嵯峨，山貌」，「峨，嵯峨也」。

三、代言與「德、業、實」

代言既是以一個字（詞）來解釋一個字（詞），因此，對一個字（詞），也就只能從它的某個角度來進行訓釋。這就是前人說的「德、業、實」三品的由來。

章太炎在〈語言緣起論〉中說：「物名必有所緣起」，而「一『實』之名，必有其『德』若其『業』相麗。」譬如「雨」，就其實體來說，就是從雲裏下來的雨水，但也可以是「下雨」（卽《詩》「雨我公田」之「雨」），還可以說是下雨的樣子。從詞性來說，卽是名詞、動詞或形容詞。這就告訴我們，一個字可以從不同角度去解釋。例如《說文》：「日，實也」，「月，闕也」，「馬，怒也，武也」，「水，準也」，「火，燬也」等等。乍一看來，幾乎無從索解，想不出古人爲什麼這樣「不憚其煩」地「穿鑿附會」。然而，仔細一想，便知道古人確有其不得已的苦衷。如「日」、「月」，除了畫象以外，你有什麼辦法來解釋呢？（「太陽」、「月亮」等詞當時還沒有）因此，古人只能就他們當時的科學水平所及，只能從事物在某一方面表現出來的最顯著的特點，只能就他們可能推想到的語源來進行解說。譬如，人們看到月亮的有圓有缺，便把它叫做「月」，造字時畫成其物，成了圓形而又缺了一部分，許愼著書時就按此作解，其意還在兼顧語源與字源。至於「火」，則是畫也無法畫出的，但它有個很明顯的作用，那就是「物入其中皆毀壞」（《釋名》）；而「水」呢？則有「平準物」（《御覽》）的作用（《釋名》：「水，準也，平準物也」）。這就說明，對於詞，可以就其作用來訓釋。「作用」，前人稱之爲「業」。

再以「口」爲例，《說文》訓爲「人所以言、食也」，也是從「業」（作用）的角度來解釋的。從詞性說屬於動詞。而《釋名》：「口，空也」，則是從「口」的品格、德性、形容來解釋的。前人把這種方法叫做「德」。從詞性上說，則屬於形容詞。「馬，武也」也屬於這一類，因爲「馬者兵象」（《隋書・五行志・下》引《洪範五行傳》，《周禮・目錄》：「馬者，武也，言爲武者也」），譬如「司馬」，《左傳》上有時也寫作「司武」，這一官職，所司管不只是馬，而是武力，武事。

由上所述，可見一個詞可以從不同角度來解釋，而主要是「實」（根據其實體，如「馬」卽動物之馬）、「業」（根據其作用，如「火」之毀）、「德」（根據其品格、德性、形容，如「馬」爲「兵象」，有威武之容）三品。章太炎說：「實句卽今所謂名詞，德句卽今所謂形容詞，業句卽今所謂動詞。」闡說頗爲明白。

了解這一點，對閱讀古書、理解古訓，很有作用。章太炎在《國故論衡・明解故》中說：「古者實句德句業句，或展轉貤易，動變無方；古詩辭氣亦有不少異於今言者。失此三事，不足明毛公微意。」他舉例說，〈商頌〉：「受大球小球，受大共小共」，《毛傳》：

「球，玉也；共，法也。」「球」、「共」如何爲「玉」、「法」？確難理解。章太炎認爲：「球」是「玉磬」，「共」是「勾股」之通借字（原注：「共」與「勾股」東侯對轉），「磬折，勾股皆工匠制器法式」。由此可見，《毛傳》訓「球」爲「玉」是言其「實」，訓「共」爲「法」是言其「業」。又如〈商頌・長發〉：「幅隕既長」，《毛傳》：「幅，廣也。隕，均也。」章太炎曰：「按幅隕猶言廣員。〈西山經〉：『廣員百里』，〈越語〉：『廣運百里』。『均』者，《說文》：『平偏也』。平偏則廣。舉其實曰『幅隕』（按今人作「幅員」），舉其德曰『廣員』、『廣均』。」由此可見，懂得「三品」說，有助於讀通古訓。

前人認爲，「實、德、業」之間卽包含着「本義」與「變義」的關係。例如，「裔」，《說文》訓爲「衣裾也」，是就其實說的。而《方言》一訓爲「末也」，則是由於「衣裾」有「下垂之義」，「下垂」就有「末」的品格，這是就「德」來看的。「垂」與「末」皆有「遠」義，故郭璞《方言注》云：「邊地爲裔。」這是就地言之的；如就人言，則「以子孫爲苗裔取下垂之義」（段玉裁《說文注》）。與子孫之爲「裔」相反，又可指「祖」（《方言》：「裔，祖也」），因爲「祖」、「孫」皆受義於「遠」，相反同根。我們讀古書，講訓詁，必須了解這種輾轉貤易的道理，才能觸類旁通，而不致膠柱鼓瑟。

四、何謂義界

上面已經說到「代言」（「一字爲詁」或「以詞解詞」），這種方式是有其缺陷的。如《詩・斯干》：「乃生女子，則弄之瓦。」如釋爲讓初生的女孩玩弄磚瓦，是不近情理的。《毛傳》釋「瓦」爲「紡塼」，我們也不知「紡塼」爲何物。馬瑞辰謂「瓦」爲陶器之通名，「紡塼」即紡錘，按此理解，應該稱爲「陶製之紡錘」，義始嚴密。《辭海》（修訂本）只釋爲「紡錘」，沒有說明陶製，這樣仍不能說明它與「瓦」的聯繫。分析其原因，即由採用「代言」方式以詞釋詞，因而表述不明。

與「代言」不同的是「標明義界」的方式，簡稱「義界」。它用若干詞語來表述一個詞的義蘊。這是因爲事物有多種屬性，因而必得要用若干詞語始能表述清楚。例如：生命的特徵是有形體、有知覺的，故《墨子・經說》對「生」的解釋爲「生，形與知處也」。又「夢」，它發生在臥時，而且並非實境，只是人以爲如此，故《墨子》釋爲：「夢，臥而以爲然也。」由此兩例，可見墨子已力圖對詞義作比較全面的描述。

五、怎樣標明義界

《荀子・正名》說：「制名以指物」，「同則同之，異則異之」。此物與彼物，此名與彼名，其間之同異，或由實質，或由作用，或由形態，細分之千差萬別，概括之則爲「德、實、業」（這在上面已經說到）。在千差萬別之名物中，有許多是實同而德、業異的，或德同而實、業殊的。因此，用一個詞解釋一個詞（卽以一名釋一名），就只能就德、實、業三者中之一着眼，因之也就不能把詞之實同德（業）異或大同小異之義界較淸晣地表現出來，這是「代言」之局限。

怎樣標明義界呢？

1. 以多名（兩個詞以上）釋一名（一個字詞），亦卽綜合「德」、「實」或「實」、「業」。如「衝」，亦是道路，但特指交通要道，故《說文》釋爲：「衝，通道也。」《左傳・昭元年・注》：「衝，交道。」合「道」與「通」（或「交」）兩名，來解釋一名（「道」），從「實」（「道」）與「德」（「通」、「交」）兩個角度，把「衝」的義界標明，使人們一見卽知其與「道」既有相同又有相異之處。又如，《詩，沔水・傳》：「規，正圓之器也。」規之實是器，其作用（業）在於正圓，合兩者便把「規」之義界標明。如「閘」，《說文》訓爲「開閉門也」，也是從實與業兩角度來把「閘」字的義界標明，因爲閘狀如門，其作用在於不時開閉，今日「水閘」亦尚如此。可見《說文》作者是注意到「同則同之，異則異之」的。

2. 分淸共名（大名）與別名（小名），屬中求別。《墨子》把「名」分爲「達」、「類」、

「私」；《荀子》則稱爲「共名」與「別名」；「共名」中還有「大共名」與「小共名」，指的是詞義概念範疇的大小。訓詁是給詞下定義。按現代邏輯學講，下定義的要求是屬概念加上種差，故訓詁家總是注意屬中求別的。例如，「山」是各種山的共名(達名)，而「高山」是山中之一類（類名），「高山」之中又有「小而高」、「大而高」、「短而高」之別。故《說文》云：「岑，山小而高」，「崛，山短而高」，「崇，山大而高」。「山」爲共名，「岑」、「崛」、「崇」則爲別名。又如《方言》：「尋」、「延」、「永」皆訓「長」，但「物長謂之尋」，「施於年老者謂之延，施於衆長謂之永」。又如《方言》「嘏」、「夏」與「奘」、「壯」皆訓「大」，而前者指「物壯大」，後者謂「人之大」。至於「豐」又是「物之大貌」，而「龐」則爲「深之大」，與「豐」同中有異。又如「思」爲「浮泛（卽一般的意思）之思」（段注），而「念」是「常思也」，「想」是「覬思也」，「慮」是「謀思也」(《說文》)，「願」是「欲思也」（《方言》）。是「思」爲共名，而「念」、「想」、「慮」、「願」等爲別名，可見揚雄、許愼及段玉裁等人皆注意屬中求別。

通過屬中求別，以標明義界，《說文》「赧」、「館」兩例尤足借鑒。《說文》：「赧，面慚而赤也」。「赧」指「臉紅」，這種紅又由於羞慚所致，故以「面」與「慚」、「赤」三字將其義蘊表述圓備，並以與其它之紅相區別。「館，客舍也。《周禮》：『五十里有市，市有館，館有積，以待朝聘之客。』」這條釋文義界頗爲嚴密。蓋「館」爲廬舍之一種，但與其他廬舍不同，它是客舍；這種客舍只「待朝聘之客」。漢時已無此制，《說文》這一解釋的根據是《周禮》，故引書爲證，它不但點明依據，亦以表示與漢時客舍相區別。

3. 由反知正，由彼知此，或通過比較而標明義界

王力說：「由反知正就是用否定語作解釋。此類以形容詞爲多。有些形容詞，若用轉注（原注：所謂轉注是依戴東原說）法，往往苦無適當的同義詞；若用描寫法，又很難於措詞。恰巧有意義相反的一個字，就拿來加上一個否定詞，作爲注解，既省事，又明白。」他舉的例子是《說文》：「假，非眞也」；「拙，不巧也」；「暫，不久也」；「旱，不雨也」；「少，不多也」（〈理想的字典〉）。此外，如《賈子》：「接遇肅正謂之敬，反敬爲嫚」；「持節不恐謂之勇，反勇爲怯」，「敬愛兄謂之悌，反悌爲傲」。又如《說文》：「腹方口圓曰壺，反之曰方壺。」雖亦由反知正，已兼由彼知此。

王力又說：「還有由彼知此之法」。如《說文》「甥」下云：「謂我舅者，我謂之甥。」「不過這種方法的用途是有限的」，其意思是說可以這樣解釋的字並不多。但是，如果擴大一些來看，如《小爾雅》：「跬，一舉足也，倍跬謂之步」，又「四尺謂之仞，倍仞謂之尋。尋，舒兩肱也，倍尋謂之常」，皆先釋一物，而後反覆由彼物知此物。

並釋兩名，用相比較，以明詞義之大同小異與同中之異，上面所舉的已兼具這種解釋方法。再如《說文》：「㱿，從上擊下也；𣪊，從下擊上也」，「㱿」與「𣪊」皆有擊義，其

區別在一從上而下，一從下而上。《釋名》：「上敕下，曰告；下言於上，曰表」，「告」與「表」皆有言義，但一爲「上敕下」，一爲「下言於上」。又「受矢之器，以皮曰箙，織竹曰笮」，表明「箙」與「笮」同爲「受矢之器」，異處在於一以皮爲之，一則織竹而成。《集韻》引舊說「塼瓦，生者爲墼，燒熟爲塼」，亦然。它如《一切經音義》引舊說：「體創曰痍，頭創曰瘍」，《說文》：「呼，外息也；吸，內息也」，皆屬此類。也有不明言其共同之點，而僅言其相異之處者，那是由於說了相異之處，讀者便能知其相同之處，例如，《說文》：「自目曰涕，自鼻曰洟」（《禮記》鄭注同，《毛傳》「洟」作「泗」）。《玉篇》：「圓曰規，方曰矩」，其同處皆不待言而自明。又如《倉頡篇》：「精者爲比，麤者爲梳」，我們亦可由「梳」而知「比」即「篦」（《釋名》：「梳之數者曰比」）。《藝文類聚》引《韻集》：「有足曰鐙，無足曰錠。」我們則可由「鐙」（燈）而知「錠」亦「鐙」之類。至如韋昭《國語注》：「功，牢也；苦，脆也」，可以設想：如果只舉「功，牢也」或「苦，脆也」，則讀者殊難索解，若兼舉兩者，則讀者可以從文句相對中通過比較而了解詞之義界。

4. 具體描寫或運用譬況

(1) 描寫主要是用於對實物之解釋。對於動植物與器皿、衣物主要是描述其形狀、顏色之特點。如《說文》：「犀，徼外牛，一角在鼻，一角在頂，似豕，狠似犬，銳頭，白頰，高前，廣後」；「漏，以銅受水，刻節，晝夜百節」。對於河川則描寫其發源與流向，如《說文》：「河，河水，出敦煌塞外昆侖山發源，注海」；「湘，湘水，出零陵海陽山，北入江」。

對於動作，也有可以描寫的。如《釋名》：「操，鈔也。手出其下之言也」，用「手出其下」來描寫「操（抄）的動作」；「攬，斂也，斂置手中也」，用「斂置手中」描寫「攬」。又如「摩娑，猶末殺也，手上下之言也」，用「手上下」來描寫「摩娑」，皆能描寫出這些動作的特徵，使義界分明。

⑵譬況，主要用於顏色，如《說文》：「黃，地之色也」，「黑，火所以薰之色也。」對於物體，亦有取譬以說明的，如《釋名》：「胑（《說文》重文作「肢」），枝也，似木之枝格也」，又「日月虧曰食，稍稍侵蝕，如蟲食草木葉也」，皆借助比喻把不易解釋的詞義解釋得較爲確切。

5.古今雅俗諸名之間的「同則同之，異則異之。」

物名有雅俗、古今之殊，一般以今釋古，以通行（雅）名釋方俗名。但也有情況特殊的。王國維曾就《爾雅》指出它所採取的一些特殊的訓釋方法。

⑴如果是雅、俗或古今同名或此有而彼無的，沒有名稱來作解釋，便就其形狀解釋之。

⑵如果是同實異名或異名同實的，則：

①雅與雅同名而異實，則以俗名來加以區別；
②俗與俗名異而實同，則以雅名來注明其相同；
③雅與雅異名而同實，則以共同的俗名來說明其同爲一物；
④雅與俗同名而異實，則各以雅名與俗名之異者區別之；
⑤雅與俗異名而同實，則各以其同者說明其爲同一物。

(3)對於俗名繁多、用雅名解釋不清的，則加上產地、形狀、顏色、氣味、果實等各方面的區別，使之義界分明（詳見《觀堂集林·爾雅草木蟲魚鳥獸名釋例》）。

第二節　形訓、聲訓與義訓

一、形　訓

即就字形分析以解釋字義。由於漢字中不少是廣義的象形字（包括指事、會意），而且形聲字的形旁亦原是象形（廣義）字；聲旁亦取象形字之音，因而就形釋義是有其作用的。

這種方法，春秋、戰國已開始使用。《左傳》中有「止戈爲武」、「反正爲乏」，《說文》引「孔子曰：一貫三爲王」，《穀梁傳》有「人言爲信」，《韓非子》有「自環爲私，背私爲公」之語，皆最早使用形訓法之例。古人是用形訓來爲其立論服務的，本不是講文字訓詁，故往往穿鑿，無當字義。如「武」字實非從「停止」之「止」，「王」字在甲骨文中多作或，金文作或，並非「三畫而連其中」；「公」從儿，乃臂之初文（馬敍倫說），並非違背之「背」字。

但不能因此卽否定形訓的作用，因爲形訓法實卽偏旁分析法，這對我們認識古文字還是必要的，有實用價值的。《說文》就是常用此法的。如：

（三）：於文，一耦二爲三。

（王）：象三玉之連，丨其貫也。

（玨）：二玉相合爲一玨。

（气）：雲气也，象形。

（丨）：下上通也。

（屮）：草木初生也，象丨出形，有枝莖也。

（牟）：牛鳴也，从牛，象其聲氣從口出。

（口）：人所以言、食也，象形。

（㗊）：衆口也，从四口。

（廿）：二十並也。

（卅）：三十並也。

（炷）：鐙中火主也，从象形，从 ，亦聲。

（丶）：有所絕止，而識之也。

（囗）：回也，象回帀之形。

（覞）：並視也，从二見。

（集）：三合也。

（合）：合口也。

（右，佑）：手口相助也。

（廣）：因厂爲屋也，从厂，象對刺高屋之形，……（讀若儼然之儼）。

（而）：須也，象形，《周禮》：作其鱗之而。

（易）：蜥易，蝘蜓，守宮也。象形。祕書說：曰日月爲易，象陰陽也。一曰：从勿。

（惢）：心疑也，从三心，讀若《易・旅》瑣瑣。段注：「今俗謂疑爲多心，會意」。

（匚）：受物之器，象形，讀若方，籀文匚。

（匠）：木工也，从匚斤。斤，所以作器也。

（引）：開弓也，从弓丨。

宋代學者亦有「以字形解字，如朱子(熹)言：『中心爲忠，如心爲恕』是。王荆公（安石）《字說》更多此例」（劉師培《中國文學教科書》），這種解說，每易流於望形生訓。

但對於古文字，還是要從分析偏旁入手。以聞一多〈釋余〉爲例來看，聞先生以「↑之狀上爲銳角形，下有柄」，而「从余之字多與此意合」，「以證『↑』之確當爲余」。再由「↑」、「↑」、「↑」諸字無不與犁之形相吻合，證余爲刀耕之具。這也是從形體析之的。于省吾謂：「分析偏旁以定形，聲韻通假以定者，援據典籍以訓詁貫通形與音」，可見形訓、音訓、義訓三法是應當綜合使用的。

二、聲　訓

用音同或音近的字來解釋，推究事物命名的由來，即所謂以同聲相諧推論稱名辨物之意。因爲語音中有音同義通關係的詞是用同一音素來表示同一意念的，因而可用音同或音近之字爲訓。這種訓釋詞義的方法，叫做聲訓。

這種方法起源亦早。《論語》：「政者，正也」，《荀子》：「君，羣也」，《爾雅》：「誥，告也」，「古，故也」，皆是。《說文》：「天，顚也」，「山，宣也」亦此法。漢末劉熙撰《釋名》（一云劉珍撰。畢沅謂：此書兆於劉珍，踵成於劉熙，至韋曜又補職官之缺），則專用聲訓之法。純用聲訓，有時不免牽強附會，但確有不少字詞可以這樣解釋。如

《釋名》用「封」釋「邦」，用「微」、「末」釋「尾」，把這類音義並通的字類集起來，可以供我們辨認古音和古義，還可以用來探求語源。如「㶽，火也，楚轉語也，猶齊言火，㷄也」。

聲訓的方法還可以析之如下：

用聲旁字和形聲字相訓釋

上舉「政、正」，「君、羣」，「誥、告」，「古、故」諸例即是。外如：

《爾雅》「干，扞也」。

《廣雅》「害，割也」，「㥁，鰓也」，「祭，際也」（本之《春秋繁露》），「堯，嶢也」，「諟，是也」。

《釋名》「枷，加也，加杖於柄頭以撾穗而出其谷也」。

「引舟者曰筰。筰，作也。作，起也，起舟使動行也」。

「弓，穹也。（《說文》作『弓，窮也，以近窮遠者，象形』），張之穹隆然也」。

「坐，挫也，骨節挫詘也」。

「跪，危也，兩膝隱地，體危倪也」。

「頰，夾也，兩旁稱也，亦取挾斂食物也」。

「皮，被也，被覆體也」。

「子，孳也，相生蕃孳也」。

「銘，名也。記名其功也」。

「成，盛也」。

用同聲旁的形聲字訓釋

《釋名》「氛，粉也，潤氣著草木，因寒凍凝，色白若粉之形也」。

《釋名》「踖，藉也，以足藉也」。

《釋名》「捉，促也，使相促及也」。

《釋名》「紀，記也，記識之也」。

《釋名》「抴，泄也，發泄出之也」。

《釋名》「耦，遇也，二人相對遇也」。

《釋名》「消，削也，言減削也」。

《釋名》「嫡，敵也，與匹相敵也」。

《釋名》「櫽，隱，所以隱栝也」。

《釋名》「紬，抽也，抽引絲端出細緒也。又謂之絓，絓，挂也」。

《釋名》「論，倫也，有倫理也」。

用同音字相釋

《釋名》「陽，揚也，氣在外發揚也」。

《釋名》「廣平曰原。原，元也，如元氣廣大也」。

《釋名》「下平曰衍，言漫衍也」。

《釋名》「道，導也，所以通導萬物也」。

《釋名》「武，舞也，徵伐動行如物鼓舞也」。

《釋名》「密，蜜也，如蜜所塗，無不滿也」。

《釋名》「煩，繁也，物繁則相雜撓也」。

《釋名》「浮，孚也，孚甲在上稱也」。

《釋名》「垣，援也，人所依阻以爲援衞也」。

同聲相訓

《爾雅》「粵，于也」，「卬，我也」，「復，返也」。

《說文》「旁，溥也」，「祈，求也」。

《方言》「儀，絡，來也」，「怛，痛也」，「哲，知也」。

《釋名》「星，散也，列位布散也」。「風而雨土曰霾。霾，晦也，言如物塵晦之色也」。「霧，冒也。氣蒙亂覆冒物也」。「序，抒也，抴抒其實也」。「撥，播也，播使移散也」。

同韻相訓

《易傳》「乾，健也」，「坤，順也」，「坎，陷也」，「離，麗也」。

《爾雅》「穀，祿也」，「崇，充也」。

《說文》「門，聞也」，「弓，窮也」。

《釋名》「日，實也，光明盛實也」，「月，闕也，滿則闕也」（《文選・李善注》引作「言有時盈有時缺」）。

《釋名》「冬，終也，物終成也」。

《釋名》「大阜曰陵。陵，隆也，體隆高也」。

《釋名》「汋，澤也，有潤澤也」。

《釋名》「甘，含也，人所含也」。

《釋名》「瀾，連也，波體轉流相及連也」。

以同音之單詞與雙音詞相訓

《說文》「嬯，遲鈍也。从女臺聲。闒嬯亦如此」。

《釋名》「山旁曰陂，言陂陁也」。「系，繫也，相連系也」。

《釋名》「淫，浸也，浸淫旁入之言也」。

《釋名》「序，次序也」。

合音爲詁：

沈括謂：「古語有二聲合爲一字者，如『不可』爲『叵』，『何不』爲『盍』，『如是』爲『爾』，『之乎』爲『諸』。」鄭樵謂：「慢聲爲二，急則爲一。慢聲爲『者焉』，急聲爲『旃』，慢聲爲『者歟』，急聲爲『只』。」即《公羊傳》所說的「急言」、「緩言」。《爾雅》亦有「不聿」爲「筆」，「蒺藜」爲「茨」；《詩・鄭箋》：「卒者，崔嵬也。」《方言》：「鷄，陳、楚、宋、魏之間謂之鵯鴡。」還有「胡盧」爲「壺」，「鞠窮」爲「芎」，「丁寧」爲「鉦」，「奈何」爲「那」等例。

用「讀爲」，「讀若」之例

如《說文》：「隓，山之隓隓者」，許君益以「讀若相推落之隓」。「嵒，山巖也，讀若吟」，「　，大也……讀若蓋」，「奔，大也……讀若『予違汝弼』之『弼』」。鄭玄《儀禮・鄉飲酒・注》：「如讀若今之若」。凡言「讀若」或「讀如」，皆模擬其字之音，使人因聲以得義，作用只在於諧音。

又如：鄭玄《論語・注》：「純讀爲緇」，「厲讀爲賴」，〈曲禮・注〉：「極讀曰吸，繕讀曰勁」，《漢書・人表・集注》：「鼇讀曰傿」，〈禮樂志・集注〉：「鼇讀曰禧」。凡言「讀爲」、「讀曰」者，則是換成另外一個字，使人說其字之音義而知此字之義。

形訓、音訓目的亦在訓釋詞義，而義訓為用尤廣。要準確地表述詞義，必須從詞義之古今、雅俗各方面，從本義與引申、假借各方面，探究其源流嬗變，融會貫通。這裏只能就前人的一些訓釋方法，約略介紹。

三、義　訓

以古語與今語相訓釋

「通古今之異言」，主要在以今語來解古語。《尚書》上有「哉生魄」，「肇十二有州」，《詩經》上有「于嗟乎，不承權輿」，〈離騷〉上有「飡秋菊之落英」。「哉」、「肇」、「權輿」、「落」怎樣講呢？一看《爾雅》：「初、哉、首、基、肇、祖、元、胎、俶、落、權輿，始也」。原來，它們都是「始」的意思。例如，「落英」就是「始英」，句意就甚易懂。又如《列子．周穆王篇》：「四海之齊」，〈黃帝篇〉：「不知斯齊國幾千里」，〈湯問篇〉：「猶齊州也」，還有李賀詩：「遙望齊州九點煙」。「齊」字，如按常義也無從索解；一讀《爾雅．釋言》：「齊，中也」，便知「四海之齊」即「四海之中」，「齊國」、「齊州」即中國、中州。

古文獻之所以難讀，就在於它是古代人用古代語言寫成的。如講「釐」（「釐爾臣工」）、「閭」、「潢潒」、「從容」（「不知予之從容」），一般人不易懂（或容易解誤）。一看

《詩·臣工·箋》：「釐，理也」。《廣雅》：「閭，里也」，「潢潒，浩盪也」，「從容，舉動也」，對此就不難理解了。這是今語某字、某詞與古時某字某詞之某一義蘊相當，可以相代，故即用之作釋。解釋中，有些還用了一些當時俗語，如《說文》：「憑，忘也，憑兜也。」按「忘」訓「不識（記）也。」「憑」雖亦善忘，但與「忽」之訓「忘」者有別，故許君又以當時口語「憑兜」補充釋之。《段注》謂：「『憑兜』猶今言糊塗不省事。」「憑」為「糊塗善忘」之「忘」，與「忽」為「忽略」之「忘」，兩義之別自明。「憑兜」在當時為俗語，當時人一聽就明白。但時過語變，到後來，有的就不易明了了。這又要由後人用當時語氣再加訓釋。舉例言之，如《爾雅·釋宮》「柣，謂之閾」，漢人讀為「切」，《漢書·外戚傳》：「切皆銅沓黃金塗。」《說文》：「閾，門榍也」，「榍」从「屑」聲，古音同「切」。大概魏晉人已不大懂了，故《廣雅》云：「柣，砌也」；郭璞注《爾雅》為「閾，門限。」到唐時，「門限」已轉為「門梋」了，故《匡謬正俗》云：「俗謂門限為門梋。」清朝時，山東「登萊人亦有『門梋』之言」（郝懿行《爾雅義疏》）。今天江淮間農村仍呼「閾」為「門梋」，所以我們一聞「門梋」即能懂得。

又如《爾雅·釋器》：「木豆謂之豆，竹豆謂之籩，瓦豆謂之登。」今「豆」指「豆菽」之豆，但古時卻不如此。《說文》：「豆，食肉器也。」原來「豆」是陳肉之器的共名，但又專指木製的一種，竹製的則叫籩。古書常稱「籩豆」，原即指此。「登」也是陳肉之器，但它是陶製的。現在出土的「豆」尚多陶製。

這裏還得一說的是：古代訓詁家的訓釋是以彼時語音與文字寫的，有時寫了通假字，後人往往不知其義。如《爾雅·釋言》：「冥，幼也」，郭璞把「幼」誤認爲「幼稚」之「幼」，注爲「幼稚者冥昧」，顯然是錯誤的。郝懿行指出：「幼者，窈之假借。《說文》：『窈，深遠也』……窈之言幽，幽、窈雙聲，通作『窅』……又通作『杳』……又通作『幼』。『窈』從『幼』聲，因省作『幼』」。可見閱讀古人的訓釋，也要注意通假。

以通語、凡語與方言相訓釋

方言是某一地區的語言，「凡語」是通行的語言，「通語」與「凡語」同，但範圍比較「凡語」可能稍小些，這是揚雄在《方言》中使用過的名詞。揚雄有時也用「凡通語」連稱。

《爾雅》「玆、斯、咨、呰、己、此也」，郭璞注：「呰、己皆方俗異語。」

《方言》「曾、訾，何也。湘潭之原荆之南鄙謂『何』爲『曾』，或謂之『訾』，斯若中夏言『何』也。」

又「悼、惄、悴、憖，傷也。自關而東汝潁陳楚之間通語也。汝謂之惄，秦謂之悼，宋謂之悴，楚潁之間謂之憖。」

又「嫁、逝、徂、適，往也。自家而出謂之嫁，由女而出爲嫁也。逝，秦晉語也；徂，齊語也；適，宋語也；往，凡語也。」

《說文》等書中亦有釋方言的。

《說文》「燕代東齊謂『信』曰『訦』，齊、楚謂信曰『訏』。」

《禮記・鄭注》「齊人言『殷』如『衣』。」又「秦人『猶』『遙』聲相近。」

《廣雅》「崽，子也。」

這些對研究詞義、語音的變遷都是重要的資料。在訓釋古書時更應充分利用這些資料。《方言》等書把同一語詞的各地方言排列到一起，這也就具有以方言釋方言的作用。以上講的是古代方言。還有漢時之方言在後來的變化：王國維以《方言》與郭璞的《方言注》對照，看出自西漢末至東晉初，有的方言已變爲通語，也有此方之方言變得見於彼方，也有語義廣狹不同或義同語異。這給訓詁工作作了有益的啓示。

還有根據現代方言中還保存着的古音來解釋古書上的詞義，如段玉裁以江蘇俗語滾水（今安徽亦然）來解《說文》之「涫」字；以江蘇人「以火盛水鬻（沸）溢出爲鋪出」釋《說文》「鬻」字（《說文解字注》）。郝懿行以膠萊人謂「崽子」爲「宰子」，謂卽「此子」（「是子」）之轉音。楊樹達以長沙今言人背有疾傴僂不能伸者爲「皃（音駝）子」證《毛詩・新臺》之「戚施」卽「駝子」（「施」，古音如駝），使《毛傳》「不能仰者」之義得明，訂正鄭玄「面柔」之說；又以長沙（今亦通語）之「餵（音同餧）鳥」證《楚辭・九辯》「鳳亦不貪餧而妄食」；以俗語中之小兒「料料（音如「聊」，今江淮間同）打打」

證《莊子・盜跖篇》中之「料虎頭」之「料」（按今通寫作「撩」）；又以湖南人言「有村氣不冠冕者曰鄙」證《史記・項羽本記》中之「鯫生」；以今語通言「閃鑠」證《後漢書・列女傳》之「視聽陜輸」（《長沙方言續考》）。這對「通古今之異言，釋方俗之殊語」，亦有啓發。

以本字與借字相釋

古書難釋，其原因之一卽在於借字很多。前人訓釋中有：

1以本字訓本字：如《說文》：「械，篋也。」

2以借字釋本字：如《說文》：「尗，豆也。」「豆」本食肉之器，但漢時借「豆」爲「尗」，已經習慣，故以「豆」釋「菽」。

3以本字釋借字：如《詩・汝墳》：「惄如調飢」，《傳》：「調，朝也」，明「調」字卽「朝」字之假借。又如《詩・芄蘭》：「能不我甲」，《毛傳》：「甲，狎也」；《爾雅》「漠，謀也」（「漠」爲「謨」之借字），「疇，孰，誰也。」

4以借字釋借字：如《爾雅》：「夷，弟，易也」，「央，極，中也」；《廣雅・釋言》：「玆，今也」。這是因爲就借字來說，兩者可相訓釋。又如《論語》：「植其杖而芸」。「俗解以植爲植立之植」，顯然難通。李賡芸云：「按熹平石經作『置』，『置』，舍也。《書・金縢》鄭注：『植，古置字。』《釋文》：『徐仙民亦音置。』《史記・賈生傳》：『方正倒植』，『倒植』即『倒置』。植與置皆從直聲，故兩字可以互借……」（〈炳燭篇〉）亦其一例。又如《易・小畜・上九》：「既雨既處尚德載」，義實難明。聞一多云：「呂氏《音訓》引晁氏曰：『德』子夏傳、京、虞作得，案載讀爲菑，《詩・載芟》『俶載南畝』，《箋》『俶載當爲熾菑』，是其比。〈无妄〉『不菑畬』，《釋文》引董遇云：『菑，反草也』。《爾雅・釋地》：『田一歲曰菑』，郭注：『今江東呼初耕反草爲菑』，《說文》：『菑，才耕田也』，是菑卽耕。〈小畜卦〉主言種植。『既雨既處尚德菑』者，『處』，俞樾訓『止』，是也。『德載』當讀爲『得菑』，言雨後尚得施耕也……」這樣博采故訓，實事求是，其方法是值得借鑒的。

第三節　訓詁用語示例

1.用「者……也」之例。一般常省去「者」字，也有省去「也」字，或「者」、「也」皆省去的。如：

《爾雅・釋言》：「集，會也。」《尚書大傳》：「學，效也」，《詩・毛傳》：「集，就也」，「築，固也」。被釋者在前。

《說文》：「無聲出涕者曰泣。」被釋者在後。

《爾雅・釋草》：「荷，芙蓉。」不用「者」、「也」，實同「荷者，芙蓉也」。在一些傳注書中，還有把幾個詞語合在一起解釋的，如《詩・七月》：「穹窒熏鼠」，《毛傳》：「穹，窮；窒，塞也」。猶言「穹，窮也」；「窒，塞也」。

2.增入「之」字之例。如《詩・芣苢》：「薄言有之」，《傳》：「有，藏之也」。蓋「有」字不能直詁爲「藏」，而這裏「有」字又實有「藏」義，故加「之」字表明。〈大雅・靈臺〉：「經之營之」，《傳》：「經，度之也」，《疏》：「經，度之，謂經理而量度之」。「經」與「度」本非同義，故特增「之」字。又如《毛傳》：「服，思之也」，「濩，煮之也」，此與「有之」、「藏之」、「度之」，皆含有表示用爲動詞之意。

3.用「曰」、「謂之」、「爲」之例。被釋的詞在後。它們不僅用來釋義，有時也列舉諸詞相較用以表示詞義之間的細微差別。

《詩・鴇羽・疏》引孫炎曰：「物叢生曰苞，齊人名曰稹。」

《方言》：「泭謂之簰，簰謂之筏。秦晉之間通用語也。」

《楚辭・惜往日・注》：「編竹木曰泭。楚人曰泭，秦人曰撥。」

《詩・毛傳》：「治骨曰切，象曰磋，玉曰琢，石曰磨。」

《爾雅・釋天》：「春獵爲蒐，夏獵爲苗，秋獵爲獮，多獵爲狩。」

4.謂：一般是其字含義甚廣，注以狹義釋之，往往是在以具體釋抽象，以小名釋大名的情況下才用上它。《詩・柏舟》：「母也天只」，《毛傳》：「天謂父也。」因爲「天」字並無「父」義，他篇「天」字亦非喻父，故特加「謂」字表明。《詩・小雅・庭燎》：「君子至此」，《毛傳》：「君子謂諸侯」。〈離騷〉：「恐美人之遲暮」，王注：「美人謂懷王。」又如《詩・邶風・谷風》：「何有何無」，《毛傳》：「『有』謂『富』也，『無』謂『貧』也。」又〈小雅・大車〉：「有饛簋飧」，《毛傳》云：「飧，熟食，謂黍稷也。」就字義說，「飧」是熟食，是大名，在這裏指黍稷，黍稷是小名，故增「謂」字以示區別。

5.猶：

(1)用來表示本來意義不同，後來輾轉可通。如《詩・那・箋》：「『將』猶『扶助』也。」

(2)以今語釋古語。如《詩・葛屨》：「摻摻女手，可以縫裳」，《箋》：「『摻摻』猶『纖纖』也。」

6.言：有闡述的意思。如《詩・東山》：「慆慆不歸」，《毛傳》：「慆慆，言久也」，又如《漢書・食貨志・注》：「庸，功也，言換功作也。」

7.之言，之爲言：多爲聲訓，所解釋的詞是名詞，用來解釋的詞則常是動詞或形容詞，用來表德（性質）或表業（動作、作用）。如《周禮・載師》：「載之言事」，又〈旗師〉「師之言帥」。

8.所以：被解釋的爲名詞，就它的用途來解釋，故以「所以」表明之。《詩・竹竿・毛傳》：「楫，所以櫂舟也。」《說文》：「聿，所以書也。」段注：「以，用也；聿所用書之物也。凡言『所以』者，視此。」《說文》：「園，所以樹果也。」黃侃謂：「古者名詞與動詞、靜詞相同，所從言之異耳。段君注《說文》，每加『所以』二字，乃別名詞於動、靜」（《聲韻近例》）。

9.詞也：「詞」主要指虛詞，也叫助字，語助。《說文》：「者，別事詞也」，「乃，詞之難也」，「矣，語已也」，「皆，俱詞也」，「弜，驚詞也」，「矤（矧），兄（況）詞也」。段玉裁曰：「此謂摹繪物狀及發聲助語之詞。」

10.皃（貌）：略等於現代漢語「……的樣子」，一般用在動詞或形容詞後，被釋的詞往往是形容詞或副詞。如《詩・東山》：「零雨其濛」，《毛傳》：「濛，雨貌。」《論語・鄭注》：「恂恂，恭順貌。」〈離騷〉：「老冉冉其將至兮」，王逸注：「冉冉，行貌。」

11.讀爲、讀曰、讀若、讀如：「讀爲」、「讀曰」是用本字破假借字。如《論語・鄭注》：「純讀爲緇」，「厲讀爲賴」。《漢書・食貨志・顏注》：「罷，讀曰疲」，「疑讀曰擬，僭也」。《漢書・刑法志・顏注》：「伯讀曰霸」，「者讀曰嗜。」

「讀如」、「讀若」，一般用來注音，它可以用本字破假借字，也可以用假借字來解釋本字。如《說文》：「囦，下取物縮減之……讀若聶」（小徐作籋）。《禮記・儒行・鄭注》：「信讀若『屈伸』之『伸』，假借也。」

12.一曰：如《說文》：「欘，斫也，齊謂之兹箕。一曰『斤柄性自曲者』。」段注：「此別一義。」

13.作：主要指他書或別本之異文。如〈月令〉：「審端徑術」，鄭注：「術，《周禮》作『遂』。」《爾雅義疏》、《說文》「逮，及也，引詩曰：『逮天之未陰雨』，今《詩》『逮』作『迨』。」

14.故書（今文，古文）作某：亦指異文。如《儀禮・士冠禮・注》：「今文扃爲鉉」，「古文鼏爲密」。又如《周官・天官・序官・注》：「嬪，故書作賓。」

15.今謂某爲某：上某指義，下某指音；音是這樣，字未必是這樣；只拿它的字來表明它的音，使得它和古代的某字的音相近。如《周禮・序官・司爟・注》：「今燕名湯熱爲觀，字當作『涫』。」又〈考工・輪人・注〉：「今人謂蒲本在水中者爲弱，字當作蒻。」

16.古字某同，古音某同：如《論語・鄭注》：「古字『材』、『哉』同耳。」《周禮・外府・注》：「『齎』、『資』同耳。」《詩・東山・箋》：「古聲『塡』、『窴』、『塵』同。」這些不但提供了古音資料，還使我們知道文字通假之故。

17.若今：「若」是譬喻之辭，主要是以今語釋古語，或以今制釋古制。如《周禮》：「書其能者與其良者而以告於上」。鄭司農說：「若今時舉孝廉方正、茂材異等。」

18.以爲：段玉裁云：「『以爲』皆言六書假借也。，古文鳳，象形。鳳飛，羣鳥從以萬數，故以爲朋黨字。」

19.或體，古文，籀文：《說文》：「，譯也（段注：譯疑當作誘），从口，化聲。率鳥者系生鳥以來之，名曰囮。讀若譌。，囮或从繇。」按此「或體」例。

《說文》：「貧，財分少也，从貝分，分亦聲。，古文从宀分。」按此「古文」例。

《說文》：「餔，日加申時食也，从食甫聲。，籀文餔，从皿，浦聲。」按此「籀文」例。

20.引古書古事爲例：《說文》：「曀，天陰沉也，从日壹聲。《詩》曰：『終風且曀』。」

《說文》：「匋，作瓦器也。从缶。包省聲，古者昆吾作匋。按史篇讀與缶同。」

21.釋專名之例：《釋名》：「鍤，插也，插地起土也。或曰銷，銷，削也，能有所穿削也。或曰鏵（《說文》作苿）。鏵，刳也，刳地爲坎也。其板曰葉，象木葉也。」

《釋名》：「鎒（《齊民要術》作耩），溝也，既割去壟上草，又辟其土，以壅苗根，使壟下爲溝受水潦也。」（按：此條為釋器物之例）

《釋名》：「小兒氣結曰哺。哺，露也。哺而寒露，乳食不消，生此疾也。」（按：此釋病名之例）

《釋名》附錄韋昭《釋名》：「古者稱師曰先生……」（《御覽》引，文似未全），又

「尚書，尚猶奉也。百官言事當省案平處奉之，故曰尚書。尚食，尚方亦然」。「執金吾，本中尉，掌徼循宮外，司執姦邪，至武帝更名執金吾，爲外卿，不見九卿之列也。」（按：此釋制度之例）

專名之釋，前人還有許多經驗，茲列數例如下：

《說文》：「橘，橘果，出江南，從木，矞聲。」（按：此「著地」之例）

《說文》：「橙，橘屬，從木，登聲。」（按：此用「屬」之例）

《說文》：「稗，禾別也，從禾，卑聲。」（按：此用「別」之例）

《說文》：「樝，果似梨而酢，從木，虘聲。」（按：此用「似」之例）

《說文》：「枸，枸木也，可爲醬，出蜀。」（按：此用「可為」之例）

《說文》：「篆，食（飼）牛匡也。從竹，　聲。方曰匡，圓曰篆。」（按：此因類而及，用示比較之例）

第四節　古書校注述例

一、校，指諟正文字

古書上文字往往有衍（多了的）、奪（脫，或寫作「敓」）、倒（顛倒）、譌（訛、誤）等情況，注釋者首先要將其校正過來。但「不可以意輕改」（宋彭叔夏〈文苑英華辨證序〉）；前人或記入注內，或另作「考異」與「校勘記」；注本亦有置注前或散入注內或附於卷末的。其網羅多種善本、列舉異同的，則稱爲「集校」、「會校」。

校勘方法有：

對校，即以同書之祖本或別本相對讀，校其異同；

本校，即以本書前後互證；

他校，以他書（本書之採自前人者或爲後人所引用者，或同時之書並載同一史料者）校本書；

理校，無古本可據，或數本互異而難於適從，則根據文字、音韻或文理、語氣及事理的當然來推定之（參見〈訛字的校正〉部分）。

校記用語，大約如下：

1.凡文字有不同者，可注云：「某，一本(或××本)作某。」如《楚辭・九章・涉江》：「淹回水而疑滯」，「疑」一作「凝」。聞一多校云：「案疑與凝通。《書鈔》一三七、《御覽》七七〇、《文選》江文通〈別賦〉注引並同，朱本、朱燮元本、大小雅堂本並同。」

2.凡脫一字者，可注云：「某本，某字下或上有某字。」凡脫二字以上者，可注云：「某本某字下有某某幾字。」其無古本可據，但可決其有脫文者，則用「當有」或「疑脫」

字樣。如《通鑑》卷二十五：「臣生無益縣官，願代趙京兆死。」胡三省注云：「《漢書》本傳，『臣生』之上有『或言』二字。」又如《通鑑》卷一八八：「以世充爲太尉尚書令，內外諸軍事」，胡三省注云：「『內外諸軍事』上當有『總督』二字。」《白虎通・京師篇》「使善易以聞，爲惡易以聞」，孫詒讓《札迻》云：「案『使』下亦當有『爲』字。」

3.凡衍一字者，可注云：「某本無某字」；凡衍二字以上者，可注云：「某本某字下無某某等幾字」；其確知或疑爲衍文而無他本可據者，可注云「當衍」或「疑衍」或「不必有」。如《文心雕龍・物色》：「然屈平所以能洞監風騷之情者」，孫蜀丞云：「《能改齋漫錄七》引，無『能』字『監』字」；楊明照云：「按《海錄碎事》十八有此文，亦無『能』字『監』字。」又如《通鑑》二十二：「然尚未敢顯言赦之也」，胡三省注：「以文理觀之，不必有『敢』字。」

4.凡文字確知已誤（但無別本可校）者，可注云：「某當作某」；凡文字不可卽定其誤者，可注云：「某疑作某。」有舊本可據者，注明某本；雖無舊本可據，而持之有故或有旁證者，則注明其理由。如《白虎道・禮樂》：「王者有六樂者，貴公美德也。」孫詒讓云：「案，『公』，何元中本作『功』，是。當據正。」又如，同書〈封公侯篇〉：「諸侯二十國，厚有功，象賢以爲民也。」孫云：「案，『二十國』，當作『世國』，唐人避『世』字作『廿』，與『二十』合文相似，故誤分爲二字。下文又云『諸侯世位』，亦可證。」

5.字倒而可通者，可注云：「某本某某二字互乙」；字倒而不可通者，可注云：「某本作某某」；文句前後倒置者，可注云：「某本某句在某句下」。如《楚辭・遠游》：「建虹彩以招指」，一作「彩虹」。聞一多《校補》：「當從一作『彩虹』。《文選》沈休文〈早發定山詩〉注引作『綵虹』。『采』、『綵』同。」《莊子・大宗師》：「吾猶守而告之叁日，而後能外天下」。聞一多《莊子內篇校釋》：「案當作『告而守之叁日』，下文曰『守之七日』，『守之九日』，可證。《疏》（指成玄英疏）曰……『今欲傳告，猶自守之』，是成本正作『告而守之』。今據乙正。」

二、注

1.依文釋文。如《論語・學而》：「道之以政」，孔曰：「政謂法教」；「齊之以刑」，馬融曰：「齊整之以刑罰。」又如《論語・學而》：「詩三百，一言以蔽之，曰思無邪」，「詩三百」，孔曰：「篇之大數」；「蔽」，包曰：「蔽猶當也」；「思無邪」，包曰：「歸於正」。再如《爾雅・釋訓》：「如切如磋，道學也；如琢如磨，自修也」，語本《禮記・大學》，是對《詩經》詩句的解釋。按切、磋、琢、磨，本指治玉、治骨等，原與「道學」、「自修」無關；但在《詩・淇澳》中又是用來喻指「道學」與「自修」的，故《爾雅》也就如此解釋。

2.語中兩字字義相近，講解時注意指出其區別。如鄭玄《周禮・注》：「德、行，內外之稱，在心爲德，施之爲行。」又如《公羊傳》：「『而』者何？難也；『乃』者何？難也。『乃』難乎『而』也。」說出「乃」與「而」字義相同，但用之稍有區別。

3.闡明比喻義，解說修辭作用。如《詩・殷其雷》，鄭玄《箋》：「雷以喻號令於南山之陽，又喻其在外也。」《詩・河廣》：「誰謂河廣，一葦杭之」，鄭《箋》：「誰謂河水廣歟？一葦加之，則可以渡之，喻狹也。」《疏》：「言一葦者，謂一束也，可以浮之水上而渡，若桴筏然，非一根葦也。此假有渡者之辭，非喻夫人之向宋渡河也。何者？此文公之時，衞已在河南，自衞適宋不渡河。」

4.探下作釋。如《詩・載馳》：「卽不我嘉，不能旋反。視爾不臧，我思不遠。」《毛傳》於「不能旋反」釋爲「不能旋反我思也」，陳奐《疏》曰：「《正月・傳》：『哿，可也。』『嘉』與『哿』聲同。《經》言『不能旋反』，《傳》乃探下『我思不遠』句，以足經義，故云『不能旋反我思也』。」

5.承前作釋。如《詩・載馳》：「大夫君子，無我有尤，百爾所思，不如我所之。」《毛傳》：「不如我思之篤厚也。」

6.徵引事實。如《詩・河廣・傳》：「宋桓公夫人，衞文公之妹，生襄公而出。襄公卽位，夫人思宋，義不可往，故作詩以自止。」（按：漢人以「徵引事實」為傳，《毛詩》

即如此，其引事而與書不甚附麗者為「外傳」，如《韓詩外傳》。後世「外傳」成為小說之名，而注書之徵引事實者，統稱為注。若裴松之之《三國志注》即多引事實，以為史書補充。近人作《三國志集解》、《晉書斠注》等更踵事增詳，於史事為益不少。）

7.串說句意。如《孟子．滕文公》：「陳相見許行而大悅，盡棄其學而學焉。」趙岐注：「棄陳良之儒道，更學許行神農之道也。」又如《易．井》：「井渫不食，爲我心惻，可以汲。」闡一多謂：「此言井水汚渫，爲我沁測之，尙可以汲。」此亦串說句意。

8.總括章指。如《孟子》：「有爲神農之言者」，趙岐《章句》：「言神農務本，敎於凡民，許行蔽道，同之君臣。陳相倍師，降於幽谷。不理萬情，謂之敦樸。是以孟子博陳堯舜上下之敎以匡之也。」後世之段落大義本此。

9.疏補衆證。如《孟子》：「有爲神農之言者許行」，趙岐《注》：「神農，謂三皇之君神農氏也。」焦循《正義》指出趙注所據，出《白虎通》，又引《易．繫辭》、《淮南子》以明諸說不同。《注》又云：「許，姓；行，名。治爲神農之道者」，焦循《正義》引《漢書．藝文志》「農家者流……」，又引《商子．畫策篇》、《呂氏春秋．爰類篇》及《太平御覽．皇王部》所引《尸子》等書作證。

10.疏申注義。如《孟子》：「繼而有師命，不可以請」，《注》：「繼見之後，有師旅之命」，焦循《正義》：「知『師命』是『師旅之命』者，聖賢之道，不爲太甚，旁通以情，故孟子於始見王，志雖不合，必宿（音秀）留（音霤，漢時謰語）而後去。既宿留，可以去矣，而仍不去者，既居其國，被其款遇、惟此軍戎大事，卽當休戚相關，豈容度外置之，飄然遠行，此所以不可請也。說者……以『師命』爲賓師之命；顧命以賓師，有何不可請之之有？……孟子之學，惟趙氏知之深矣。」

自後世箋注，除注釋詞義文意外，更注明或考訂寫作之時間，臚陳所用之典故，或辨證事實，或考覈典章制度之沿革，或發揮大義，這裏不一一介紹了。

附錄：古代辭書簡說

我國古代目錄學上所說的「小學書」，包括訓詁（詞義）、字書、韻書三類。但沈兼士指出：「字書類之《玉篇》、《類篇》，固亦重在網羅故訓，韻書類之《廣韻》、《集韻》，同爲字書之別體，非僅有關音韻已也」（《文字學書目提要敍錄》）。楊樹達亦謂：「世人分別小學書，謂《爾雅》主義，《說文》主形，《切韻》主音，是固然矣。然小學本以義爲主……小學書皆所以說義。」只是「所由說義之方式」不同（《論小學書流別》）。

一個字有形、音、義三方面。所以訓詁方法就有「形訓」、「音訓」、「義訓」三種；而編纂詞書的方式也就有「據形繫聯」、「同音類聚」、「同義類聚」等等。就科學體系說，文字、音韻、詞義（訓詁）各爲專門之學。就探求詞義語源來說，這些書都可供我們求索之用。呂思勉、周予同亦謂：古小學書中除〈史籀〉、〈倉頡〉等爲古代小學教科書外，一爲

「依據字形分部，加以解釋，始於許愼的《說文解字》，其性質等於現代的字典」；另一「爲依據詞類分篇，加以說明，如《爾雅》一書就是，其性質等於現代的詞典」（見周著《羣經概論》、呂著《經子解題》）。

方孝岳說：「合字形、字義、字音的研究爲一整體，才是小學；兼此三者，結合歷史知識，然後可言訓詁」（《學術月刊》一九六四年第五期）。這是戴、段、王以至現代學者研究方法的總結，實爲研究訓詁、探求詞源的途徑。因此，我們把訓詁書、字書、韻書合在一起，擇要介紹，並標其名爲「古代辭書」。

一、訓　詁

《爾　雅》

這是我國第一部訓詁書，由漢初學者綴輯周、漢諸書舊文，遞相增益而成。趙岐《孟子注》中說到《爾雅》在漢文帝時曾一度立於學官，可見其成書不得晚於漢初，但亦不會太早。《四庫全書總目提要》說：它「大抵小學家綴輯舊文，遞相增益；周公、孔子皆依托之詞」。至康有爲等以其與古文家經說多同，力加詆誹，甚至指爲劉歆僞托，亦非事實。方孝岳謂：「是古代許多小學家工作的積累」，呂、周亦同此見。這是確論。

《爾雅》的作用在「總絕代之離詞，辨同實而殊號（異名）」（《大戴記．小辨》），卽記錄「古今之異言」與「方俗之殊語」（郭璞注語），而以今語釋古語，以雅言（普通話）釋方言，但更側重於以今釋古。故楊樹達謂其：「主於時者也」。可見它是注意於語言的發展變化的。錢子泉師亦謂：其中「解釋《五經》者不及十之三、四」，「大抵採周秦諸子、傳記之名義（詞語）訓詁，以辨異同而廣見聞，寧只爲解經作哉」（《經學通志》）。它不是經學附庸，是很明白的。

其中有〈釋詁〉、〈釋言〉、〈釋訓〉、〈釋親〉、〈釋宮〉、〈釋器〉、〈釋樂〉、〈釋天〉、〈釋地〉、〈釋丘〉、〈釋山〉、〈釋水〉、〈釋草〉、〈釋木〉、〈釋蟲〉、〈釋魚〉、〈釋鳥〉、〈釋獸〉、〈釋畜〉等十九篇。前三篇爲詞語的解釋，採用「同義類聚」的編排法，無異於「同義詞詞典」。其餘是解釋專科詞語的，故又無異於一部「百科詞典」。

「它羅列了一大堆異名同實的詞，拿一種通語去解釋它們」，能「使人觀其通」，這是它的優點。但「沒有列出這些異名同實的詞的方言來源，使人知其通而不知其別；知其然而不知其所以然」。而且所謂「同實」亦不盡然，如「林、烝」與「皇、王」同訓爲「君」，實則「林」、「烝」義爲「羣」；還有許多「同實」的詞，其中也往往有細微差別，但在《爾雅》中就看不出來。這是它的缺點。

給《爾雅》作注的人很多。晉郭璞的《注》，「綴集異聞，薈萃舊說」，總集了他以前注家的成果；還「考方國之語，採謠俗之志」，補充說明了一些方言來源。至宋有邢昺之《疏》，但僅「取唐人《五經正義》綴集而成」，甚多疏漏。到清代，邵晉涵作了《爾雅正義》，郝懿行又著《爾雅義疏》。「邵書守『疏不破注』的原則，有時不免曲解」（《羣經概論》）；郝書成於邵書之後，頗取邵說，但它作於清中葉亦即「南北學者知求於古字古言」之時，「於是通貫融會諧聲、轉注、假借……觸類旁通……」，對「古今一字之異，一義之通」也力加「搜羅」，並將其加以「分別」，「鮮逞胸臆」（宋翔鳳《爾雅義疏序》）。他能由聲、音以推求故訓，並引用當時方言與古義相證，這與段玉裁《說文注》方法相同。讀《爾雅》者，當讀此數書，如果僅讀《爾雅》，作用不大。

《廣雅》

魏張揖撰。它的「分別部居，全依《爾雅》」（王念孫語）。其自序謂：對「文同義異，音轉失讀，八方殊語，庶物異名，不在《爾雅》者，擇錄品核，以著於篇，凡一萬八千一百五十文」（按：王念孫校定今本為一萬七千三百二十六字）。可見所謂《廣雅》就是「廣《爾雅》所未及」，它一方面搜集了漢代學者的各種注解與字書，加以整理、保存（那些書後來多已佚失）；一方面還補充了一些新字、新義。它可以說是《爾雅》的補編。隋時因避煬帝楊廣諱，改名《博雅》，實係一書。

《廣雅》的注本，有王念孫的《廣雅疏證》。王氏在訓詁方法上提出「就古音以求古義，不限形體」（《廣雅疏證序》），他著此書，卽這種方法的實踐。段玉裁說他「假《廣雅》以證其所得」（《疏證序》），是不錯的。這部書標誌着乾嘉小學的發展高度，爲後來的訓詁工作提供了一些經驗。沈兼士說：「王氏《廣雅疏證》，貫串該洽，賾而不亂。或許之如入桃源仙境，窈窕幽曲；繼則豁然開朗，土地平曠。可謂妙喻。惜乎其未嘗紬繹之絜矩之著爲通論，明喻後學以範疇也。」這個評價是很高的，但也是接近實際的。如果能就其書所運用的方法分析條理，成爲專文，對讀者似更方便些。

《方言》

舊題漢揚雄撰。《四庫簡明目錄》謂：「許愼《說文》引雄說，皆不見於《方言》；其義訓用《方言》者，又不言揚雄。至後漢應劭始稱雄作，疑依托也。」但其說亦無確證。

《方言》中雖也有「古今異語」，但主要是記錄方言。他向各地來京的孝廉、上計吏與士兵們進行了實地調查，經歷了二十七（一說十七）年而後寫成。書的作用實同一部「方言詞詞典」。它分別指出了「凡語」、「通語」與「別語」。「凡語」義同普通話；「通語」範圍較「凡語」稍狹一點，較「別語」又廣一些。有「諸夏語」之「通語」，是對「中夏」

的「別語」而言的；有楚地（或他地）之「通語」，是對楚地各「別語」而言的；還有「古雅之別語」，是古時中夏語中之「別語」。至各地「別語」（方言），它皆一一標明其地區。使人既能觀其通，又能觀其別。它注意了古今、方俗語言的區別與變化，爲研究語源提供了不少資料。

它在詞義上也作了一些界說比較《爾雅》爲明確的解說。如《爾雅》只說：「墳，大也」，「墳，大防」。而《方言》則進一步說明：「地大也。青、幽之間，凡土而高且大者謂之墳。」又如「凡哀泣而不止曰咺，哀而不泣曰唏」，「寄食爲糊」，「寄物爲媵」，注意了某些義近詞的細微區別。又如「張物使大謂之廓」（即今之「擴」），詮釋用字不多，而義界明白，從中還表明了詞性。《說文》等書也有這種優點。這一點很值得編寫詞書者借鑒。

《方言》有郭璞注。郭注中還注意了這些詞語到晉時的變化，這些變化有的是詞義上的，有的是地區上的，王國維稱爲「廣義」與「廣地」（見《觀堂集林》）。以《方言》與《方言注》相較，可以看出自漢至晉的語言變化情況。

《方言》舊本，字多譌誤，「殆不可讀」（《四庫簡目》），戴震用《永樂大典》本及他本校勘，著有《方言疏證》。錢繹的《方言箋疏》「參衆本而詳究之」，並引用了一些古書上的用詞之例，頗便參考。

「揚氏（揚雄）之後，研究方言者約分兩派：一，「續揚雄《方言》的書」，有杭世駿《續方言》、程際盛《續方言補正》等書；二，「考證常言、熟語的書」，自明陶宗儀《輟耕錄》、楊慎《丹鉛總錄》、方以智《通雅．諺原》之後，清錢大昕有《恒言錄》、《邇言》，翟灝有《通俗編》，還有《通俗常言疏證》等等。

但「前者只是輯補古書，後者不過考證」，所以章太炎對之很不滿意。「於是創設六例，以範圍十類的詞語，作《新方言》，用聲韻通轉的規律探尋古今詞語的變化」；特別是「向來只用以考證死文字，現在都拿它來整理活語言」，這是他超出乾嘉小學家的地方。但他拘泥於《說文》本字，且不知使用科學的方法與科學的工具，這是歷史的局限。到了現代，方言的調查與研究有很大發展，學者並將它進而與訓詁結合起來，以探求語源、字族，這就更有助於詞書與古籍的訓釋。

《釋　名》

舊題漢劉熙撰。畢沅謂：「疑此書兆於劉珍，踵成於熙，至韋曜又補職官之缺。」畢沅又說：「觀其所釋，亦時有與《爾雅》、《說文》諸書異者……且其字體出《說文》外十之三，益信熙之時去叔重（許慎）之時已遠，其聲讀輕重、名物異同與安、順（漢安帝、順帝）前又迴別也」（《釋名疏證序》）。

此書最重要的特點在於它「以同聲相諧推論稱名辨物之意」，創造了「聲訓法」。對於這種辦法，《四庫全書簡明目錄》批評它：「以音求義，多以同聲相諧，不免牽合。」但我們從語源來看，這種關係確實是存在的。《釋名》一書也就成爲我國最早的「同源詞詞典」。

書中的「天」字條，區別了當時某些地方的「以舌頭言之」與「以舌腹言之」。又言：「車，古者曰車，聲如『居』……今日車，音近『舍』」。保存了某些古音資料。又它着重專科詞語的解釋，《四庫簡目》謂「其去古未遠……亦可推見古制。」

清末王先謙等取畢沅的《疏證》，又參合顧千里的校本與成蓉鏡《補證》、吳翊寅《校議》及孫詒讓《札迻》中關於《釋名》部份，成爲《釋名疏證補》。

關於專科詞語的解說，宋有陸佃《埤雅》，它與《爾雅》、《小爾雅》、《釋名》（題爲《逸雅》）、《廣雅》合稱「五雅」。

《經籍籑詁》

清阮元等編纂。薈萃自漢至唐各家關於經、史、子及《楚辭》等書的注說，加上《爾雅》、《方言》、《說文》等書的訓義，「即字而審其義（即每字下列舉各種訓釋），依韻而類其字（即按平水韻韻部，分部排列）」，「編成一百六十卷。展一韻而衆字畢備，檢一字而諸訓皆存，尋一訓而原書可識」（王引之《序》）。由此可見，它等於漢唐諸家關於文字訓詁的總滙；同時也起索引的作用。作爲工具書來看，是很有用處。當然，衆手抄錄，時僅兩年，成書倉卒，不免誤漏。使用時，應查對一下原書，以免訛誤。至於它的作用，則是應該肯定的。

宋元以來，有許多重要訓詁書，特別是清代學者顧、閻、惠、錢、江、戴、段、王、焦、郝、陳奐、馬瑞辰、俞樾、孫詒讓、章炳麟等關於字詞更多新詮。我們正在編纂一部《續經籍纂詁》，一兩年內可以問世。

《經典釋文》與《一切經音義》

《經典釋文》：唐陸德明撰。《四庫簡明目錄》說它「採輯諸經及《老子》、《莊子》音義及文字異同，依經傳篇第編次，考證精博。」其中保存一些古本、古注的資料。

《一切經音義》：唐釋慧琳撰。是書一百卷，滙集二百四十餘部訓詁古書，保存了大量語源資料。書中多爲雙音詞，尤可爲研究詞滙發展之助。它是爲解說佛經而作的，因而也可看作「外來語詞典」。遼僧希麟撰續編十卷。又有唐釋玄應撰的《一切經音義》二十五卷，性質作用與慧琳書略同。此書有孫星衍等校注本，又有康熙間影宋抄本。

謝啓昆《小學考》亦收此兩書，並在訓詁、字書、韻書外，另立音義一門。我們認爲無此必要，今並入訓詁書中。

訓詁書中應該介紹的很多，特別是關於虛字的，如劉淇《助字辨略》、王引之《經傳釋詞》、楊樹達《詞詮》；關於詩詞小說戲曲語詞的，如張相《詩詞曲語詞滙釋》及《宋金方言考》、《小說詞語滙釋》等等，尤爲常用之書。

二、韻　書

《廣　韻》

它和《廣雅》之「廣《爾雅》」一樣，是廣《切韻》的。《切韻》是隋陸法言等所著，自言：「論南北是非，古今通塞」，韻分二〇六部，收字一二一五八。唐人遞有增益，孫愐別爲《唐韻》。宋大中祥符間重修，稱爲《廣韻》。《切韻》僅傳殘卷。關於魏晉六朝韻書，皆已散佚，北京大學輯有《十韻滙編》，姜亮夫輯有《魏晉六朝韻譜》。《切韻》、《廣韻》所據皆是中古音，但要推知上古音，也只有以它爲津梁，猶研究古文字者不得不假途於《說文》。

《廣韻》以「同音類聚」的方式編排，即把同音的字滙聚在一起，在這一點上說，它無異於「同音字典」。再說，漢字的特點之一是一字多音；而「古代異讀字的總滙」，除《經典釋文》外，當推《廣韻》，故又爲研究一字多音的重要資料。

它在每一字下注明字義，因之，它又是「字書之別體」，爲研究詞義、語源的重要資料。

沈兼士有《廣韻聲系》，周祖謨有《廣韻定本》。

《集韻》

舊題宋丁度撰。實則始於丁度、李淑奉詔修書，直到司馬光乃修成奏上，並非一手所作。其書收字六萬餘，爲古代字書中收字最多之書。《四庫簡目》說：「其書刪《廣韻》注文之冗……而多列重文，雅俗不辨，籀篆兼存，頗爲蕪雜，又刪去重音之互注，使兩收之字不明。」

這裏略談一下古音的問題。自宋吳棫到明陳第及清初顧炎武，論定了上古音不同於中古音，證明了六朝人所講的「叶韻」之說是錯誤的。他們使用的方法是把《詩經》、《楚辭》及其它先秦韻文中押韻之字及形聲字的聲旁加以排比歸納，主要是「考古之功」；清戴震、王念孫、孔廣森、江有誥等人在「考古」的同時，兼重「審音」，辨明「聲類」與「韻部」，並探尋古今音變的規律。戴、王及段玉裁更利用古音來研究詞義，「就古音以求古義」，「於是形體、聲音、訓詁三者一貫之理大明，而小學之內容大變。」近代語音學的輸入及其在古音上的運用，使古音研究益加邃密。羅常培的《中國音韻學導論》、王力的《漢語音韻學》，對此言之甚詳。明陳第有《毛詩古音考》、《屈宋古音義》，顧炎武有《唐韻正》等書，王念孫有《古音譜》，段玉裁有《六書音韻表》，江有誥有《詩經韻讀》、《楚辭韻讀》，孔廣森有《詩聲類》，嚴可均有《說文聲類》，這類書多收入音韻學叢書中。

三、文字書

《說文解字》

漢許愼撰。它是我國第一部講文字學的書，同時也是一部有關詞源學的書。全書凡十四篇，合序目一卷，爲十五篇，分五百四十部，爲文九三五三，並重文一一六三。它以小篆爲依據，按「指事」、「象形」、「會意」、「形聲」等法來解說文字的構造，從而講明字義；並博採他所能見到的古文、籀書、別體、俗書列爲重文，以供參考。

該書的編排方法是「據形繫聯」，分爲五百四十部，從分部的次第和部中列字的次序，可以看出詞滙的分類和發展，在這一點上，無異於一部「同類詞詞典」。書中解說的字義是他在當時條件下所能認識到的最早的詞義。這也就是向來所說的「說文本義」。從某種意義上說，許愼是注意探明詞源的。

當然，在甲骨文與大量金文發現以後的今天來看，「說文本義」不皆是本義；所分部首、所解說的字的構造，亦不盡恰當。但這是見聞所限，許慎只見過那些材料，他只能總結漢朝人的研究成果。至於他在文字學上的貢獻，則是不可忽視的：

1.部首體例的建立，是一個創造性的貢獻，它有利於「據形繫聯」，也有利於探尋同類詞。在詞典編纂上，至今尚不失爲一法。

2.他總結的「六書」，是以小篆爲據的，用之古文未必適合（唐蘭、陳夢家都有所改併），但人們還是要利用這種原理去認識古字，研究古義。

3.他所說的「本義」有些也並不錯；即使錯了的，也反映了漢朝人的看法，可作爲研究詞義變化之資料。

4.他對於他當時那些歪曲詞源的臆說，特別是對那些讖諱的「巧說邪辭」進行了批判或糾正。他主張「信而有徵」，反對「向壁虛造」與「穿鑿附會」，顯示了古代詞書的優良傳統。

5.書中也保存了一些古字形、古字音（「讀若」）的資料。所以，在文字學或訓詁學上，《說文》都是一部重要著作。

關於注釋與研究《說文》之書，眞是「汗牛充棟」。這裏只介紹幾種：

1.段玉裁《說文解字注》：段氏生當古音基本講明之時，把形、音、義三者綜合研究，詳稽舊籍（如（「每」字下引《左傳》、〈魏都賦〉），又徵之「俗語」（如「每」字下引

「今俗語『每每』」，「涫」字下謂卽今「滾水」之「滾」）。不僅疏說了許意，而且在詞滙、語源上作了細緻、深入的探討。在詳稽博辨的基礎上(他先寫長篇)，再簡鍊成《注》，是一部認眞的著作。我們讀《說文》，當用它爲讀本，僅讀許書，效果不大。

2.王筠《說文釋例》：講明義例，有助於研究。他的《說文句讀》也爲梁啓超所推重；《文字蒙求》更爲精簡，便於初學。

3.桂馥《說文義證》：《說文》的缺點之一是引例太少。桂氏此書，可彌補此憾。他徵引羣書，使人從中知道古人怎樣使用這個字的，這對編纂詞書，也有啓發。但所引只限於經，顯然不夠。

4.朱駿聲《說文通訓定聲》：《說文》另一缺點是很少講引申義、假借義（不是絕對未講，只是講得很少；而且，他所講的本義，有的實係假借、引申義）。朱氏此書，分列「轉注」(他講的「轉注」實卽引申義）與「假借」兩目，博引羣書，羅列了引申義與假借義，並列舉了聯綿詞與重言形況詞（疊字），還列舉「聲訓」與「古韻」，對訓詁很有用。但所言假借義不夠完備。

5.丁福保編《說文解字詁林》：它滙集了許多關於《說文》注釋與硏究的書，成爲一編，甚便翻檢。

6.馬敍倫《說文解字六書疏證》：意在以古文與《說文》相印證，對「六書」(除形聲)

都重新作了解釋，對某些字義亦有新見，但時有穿鑿。

《玉　篇》

梁顧野王撰。《玉篇》體制仿效《說文》，部首微有更動。其書的特點是：在一些字下，注明初見於何書，提示古人對這個字的用法。如「元」字下引《左傳》、《韓詩》、《公羊》、《漢書》數例。「倫」字引《晉陽秋》。這是對《說文》的補充。又如「對」下注：「今作對」；「爲」下注：「今作為」；「要」下注：「今爲『要約』字」；「砅」下注：「今作厲」；「淜」下注：「今作馮」。殘卷本中，「休」下先引許多古書中例句，又注：「野王案：今皆爲『溺』字。」對漢以後字形變遷提供了資料。

《甲骨文編》、《金文編》

「自吳大澂、孫詒讓參取之（按：指金文）以考古文，於是原始文字之眞相以明，而小學之內容又大變」（沈兼士《說文通俗序》）。按：吳大澂著有《說文古籀補》、《字說》；孫詒讓有《古籀拾遺》、《古籀餘論》。孫氏還及見甲骨文之發現，其《契文舉例》、《名原》，即爲最早考釋甲文之著作。此後，羅振玉、王國維、王襄、葉玉森、聞一多、郭沫若、楊樹達、于省吾、唐蘭、張政烺、丁山、容庚、商承祚、朱芳圃、孫海波在甲、金文方面各有考釋。通過甲、金文的研究，探明古文字初文、本義；許愼《說文》誤處，亦得訂正；過去訓詁上的一些不能解決的問題也因之獲得解決。關於現代文字學發展情況，唐蘭有《中國文字學》與《古文字學導論》。至各家考釋文字之書甚多，其編爲字滙者有《金文編》與《甲骨文編》，金文字詁現有《金文詁林》。《甲骨文編》釋義甚少，因之再舉數書：羅振玉《殷墟書契考釋》、王國維《戩壽堂所藏殷墟文字考釋》、商承祚《殷墟文字類編》、唐蘭《天壤閣甲骨文字考釋》。郭沫若於金文有《殷周金文辭大系考釋》、《兩周金文辭大系考釋》，於甲文有《卜辭通纂考釋》、《殷契粹編考釋》等書。

以上就幾種詞書略作介紹。此外，小學書很多，不能一一講到。關於小學書書目，有《小學考》、《許學考》、《雅學考》、《甲骨書錄》、《五十年來甲骨論著目》、《金石書錄目》……。

後記

數年前，爲中文系青年師生及「詞典編寫組」工作同志講述訓詁知識，採輯段玉裁、王念孫以來諸家之說，稍加編次，輯成四講，益以「緒論」，合爲一書。自然，它也就適合於中學文史教師與其他文史工作者參閱。

竊以爲訓詁之難，不在於了解名詞術語、條條框框，而在於掌握它的規律，並用以解決閱讀、講解、注釋古書中的疑難問題。因此：

1. 要結合文字、音韻，以窮其源；
2. 要注意古人文法、語氣，以知其變；
3. 要掌握並運用故訓，了解舊解致誤之由，以得其據；
4. 要善於吸收前人經驗，領會他們「曲證旁通」、「巧契不違」之處，以觀其巧；

5.如要深造自得，還應進而閱讀各種原著，以致其深。

爲此，本書注意到：

1.把訓詁與鄰近學科的關係，略作介紹；

2.對前人訓詁工作中的經驗，特別是段、王以來諸家運用規律以解決問題的巧妙之處，盡可能多引一些爲證，有的還略加說明；

3.引用前人之說，名詞術語不加變動，並注明出處，以便與原著相銜接；

4.舉例中，盡可能多引一些故訓。此外，書後附錄《古代辭書簡說》一文，以供參考。所舉之例，或有可商；但重在方法，取其足啓神思。

宋人衞湜謂：「他人著書唯恐不己出，而彼則唯恐不出於人」《四庫提要》。亟稱其善。自揣荒陋，豈敢附於作者之林；但「博采通人」，則固區區之所深願。至於匡謬砭愚，則謹望之賢哲！

殷煥先先生年逾八十，當茲盛夏，揮汗作序；東大圖書公司編輯校訂，認眞細緻，同深感紉，並誌謝忱。

滄海叢刊已刊行書目（八）

書名	作者	類別
文學欣賞的靈魂	劉述先	西洋文學
西洋兒童文學史	葉詠琍	西洋文學
現代藝術哲學	孫旗譯	藝術
音樂人生	黃友棣	音樂
音樂與我	趙琴	音樂
音樂伴我遊	趙琴	音樂
爐邊閒話	李抱忱	音樂
琴臺碎語	黃友棣	音樂
音樂隨筆	趙琴	音樂
樂林蓽露	黃友棣	音樂
樂谷鳴泉	黃友棣	音樂
樂韻飄香	黃友棣	音樂
樂圃長春	黃友棣	音樂
色彩基礎	何耀宗	美術
水彩技巧與創作	劉其偉	美術
繪畫隨筆	陳景容	美術
素描的技法	陳景容	美術
人體工學與安全	劉其偉	美術
立體造形基本設計	張長傑	美術
工藝材料	李鈞棫	美術
石膏工藝	李鈞棫	美術
裝飾工藝	張長傑	美術
都市計劃概論	王紀鯤	建築
建築設計方法	陳政雄	建築
建築基本畫	陳榮美 楊麗黛	建築
建築鋼屋架結構設計	王萬雄	建築
中國的建築藝術	張紹載	建築
室內環境設計	李琬琬	建築
現代工藝概論	張長傑	雕刻
藤竹工	張長傑	雕刻
戲劇藝術之發展及其原理	趙如琳譯	戲劇
戲劇編寫法	方寸	戲劇
時代的經驗	汪琪 彭家發	新聞
大衆傳播的挑戰	石永貴	新聞
書法與心理	高尚仁	心理

滄海叢刊已刊行書目（七）

書名	作者	類別
印度文學歷代名著選(上)(下)	糜文開編譯	文學
寒山子研究	陳慧劍	文學
魯迅這個人	劉心皇	文學
孟學的現代意義	王支洪	文學
比較詩學	葉維廉	比較文學
結構主義與中國文學	周英雄	比較文學
主題學研究論文集	陳鵬翔主編	比較文學
中國小說比較研究	侯健	比較文學
現象學與文學批評	鄭樹森編	比較文學
記號詩學	古添洪	比較文學
中美文學因緣	鄭樹森編	比較文學
文學因緣	鄭樹森	比較文學
比較文學理論與實踐	張漢良	比較文學
韓非子析論	謝雲飛	中國文學
陶淵明評論	李辰冬	中國文學
中國文學論叢	錢穆	中國文學
文學新論	李辰冬	中國文學
離騷九歌九章淺釋	繆天華	中國文學
苕華詞與人間詞話述評	王宗樂	中國文學
杜甫作品繫年	李辰冬	中國文學
元曲六大家	應裕康 王忠林	中國文學
詩經研讀指導	裴普賢	中國文學
迦陵談詩二集	葉嘉瑩	中國文學
莊子及其文學	黃錦鋐	中國文學
歐陽修詩本義研究	裴普賢	中國文學
清真詞研究	王支洪	中國文學
宋儒風範	董金裕	中國文學
紅樓夢的文學價值	羅盤	中國文學
四說論叢	羅盤	中國文學
中國文學鑑賞舉隅	黃慶萱 許家鸞	中國文學
牛李黨爭與唐代文學	傅錫壬	中國文學
增訂江皋集	吳俊升	中國文學
浮士德研究	李辰冬譯	西洋文學
蘇忍尼辛選集	劉安雲譯	西洋文學

滄海叢刊已刊行書目（六）

書名	作者	類別
卡薩爾斯之琴	葉石濤	文學
青囊夜燈	許振江	文學
我永遠年輕	唐文標	文學
分析文學	陳啓佑	文學
思想起	陌上塵	文學
心酸記	李喬	文學
離訣	林蒼鬱	文學
孤獨園	林蒼鬱	文學
托塔少年	林文欽編	文學
北美情逅	卜貴美	文學
女兵自傳	謝冰瑩	文學
抗戰日記	謝冰瑩	文學
我在日本	謝冰瑩	文學
給青年朋友的信（上）（下）	謝冰瑩	文學
冰瑩書柬	謝冰瑩	文學
孤寂中的廻響	洛夫	文學
火天使	趙衞民	文學
無塵的鏡子	張默	文學
大漢心聲	張起鈞	文學
回首叫雲飛起	羊令野	文學
康莊有待	向陽	文學
情愛與文學	周伯乃	文學
湍流偶拾	繆天華	文學
文學之旅	蕭傳文	文學
鼓瑟集	幼柏	文學
種子落地	葉海煙	文學
文學邊緣	周玉山	文學
大陸文藝新探	周玉山	文學
累廬聲氣集	姜超嶽	文學
實用文纂	姜超嶽	文學
林下生涯	姜超嶽	文學
材與不材之間	王邦雄	文學
人生小語（一）（二）	何秀煌	文學
兒童文學	葉詠琍	文學

滄海叢刊已刊行書目㈤

書名	作者	類別
中西文學關係研究	王潤華	文學
文開隨筆	糜文開	文學
知識之劍	陳鼎環	文學
野草詞	韋瀚章	文學
李韶歌詞集	李韶	文學
石頭的研究	戴天	文學
留不住的航渡	葉維廉	文學
三十年詩	葉維廉	文學
現代散文欣賞	鄭明娳	文學
現代文學評論	亞菁	文學
三十年代作家論	姜穆	文學
當代臺灣作家論	何欣	文學
藍天白雲集	梁容若	文學
見賢集	鄭彥棻	文學
思齊集	鄭彥棻	文學
寫作是藝術	張秀亞	文學
孟武自選文集	薩孟武	文學
小說創作論	羅盤	文學
細讀現代小說	張素貞	文學
往日旋律	幼柏	文學
城市筆記	巴斯	文學
歐羅巴的蘆笛	葉維廉	文學
一個中國的海	葉維廉	文學
山外有山	李英豪	文學
現實的探索	陳銘磻編	文學
金排附	鍾延豪	文學
放鷹	吳錦發	文學
黃巢殺人八百萬	宋澤萊	文學
燈下燈	蕭蕭	文學
陽關千唱	陳煌	文學
種籽	向陽	文學
泥土的香味	彭瑞金	文學
無緣廟	陳艷秋	文學
鄉事	林清玄	文學
余忠雄的春天	鍾鐵民	文學
吳煦斌小說集	吳煦斌	文學

滄海叢刊已刊行書目(四)

書名	作者	類別
歷史圈外	朱桂	歷史
中國人的故事	夏雨人	歷史
老臺灣	陳冠學	歷史
古史地理論叢	錢穆	歷史
秦漢史	錢穆	歷史
秦漢史論稿	刑義田	歷史
我這半生	毛振翔	歷史
三生有幸	吳相湘	傳記
弘一大師傳	陳慧劍	傳記
蘇曼殊大師新傳	劉心皇	傳記
當代佛門人物	陳慧劍	傳記
孤兒心影錄	張國柱	傳記
精忠岳飛傳	李安	傳記
八十憶雙親 師友雜憶 合刊	錢穆	傳記
困勉強狷八十年	陶百川	傳記
中國歷史精神	錢穆	史學
國史新論	錢穆	史學
與西方史家論中國史學	杜維運	史學
清代史學與史家	杜維運	史學
中國文字學	潘重規	語言
中國聲韻學	潘重規 陳紹棠	語言
文學與音律	謝雲飛	語言
還鄉夢的幻滅	賴景瑚	文學
葫蘆・再見	鄭明娳	文學
大地之歌	大地詩社	文學
青春	葉蟬貞	文學
比較文學的墾拓在臺灣	古添洪 陳慧樺 主編	文學
從比較神話到文學	古添洪 陳慧樺	文學
解構批評論集	廖炳惠	文學
牧場的情思	張媛媛	文學
萍踪憶語	賴景瑚	文學
讀書與生活	琦君	文學

滄海叢刊已刊行書目㈢

書名	作者	類別
不疑不懼	王洪鈞	教育
文化與教育	錢穆	教育
教育叢談	上官業佑	教育
印度文化十八篇	糜文開	社會
中華文化十二講	錢穆	社會
清代科舉	劉兆璸	社會
世界局勢與中國文化	錢穆	社會
國家論	薩孟武譯	社會
紅樓夢與中國舊家庭	薩孟武	社會
社會學與中國研究	蔡文輝	社會
我國社會的變遷與發展	朱岑樓主編	社會
開放的多元社會	楊國樞	社會
社會、文化和知識份子	葉啓政	社會
臺灣與美國社會問題	蔡文輝 蕭新煌 主編	社會
日本社會的結構	福武直 著 王世雄 譯	社會
三十年來我國人文及社會科學之回顧與展望		社會
財經文存	王作榮	經濟
財經時論	楊道淮	經濟
中國歷代政治得失	錢穆	政治
周禮的政治思想	周世輔 周文湘	政治
儒家政論衍義	薩孟武	政治
先秦政治思想史	梁啓超原著 賈馥茗標點	政治
當代中國與民主	周陽山	政治
中國現代軍事史	劉馥 著 梅寅生 譯	軍事
憲法論集	林紀東	法律
憲法論叢	鄭彥棻	法律
師友風義	鄭彥棻	歷史
黃帝	錢穆	歷史
歷史與人物	吳相湘	歷史
歷史與文化論叢	錢穆	歷史

滄海叢刊已刊行書目（二）

書名	作者	類別
語言哲學	劉福增	哲學
邏輯與設基法	劉福增	哲學
知識•邏輯•科學哲學	林正弘	哲學
中國管理哲學	曾仕强	哲學
老子的哲學	王邦雄	中國哲學
孔學漫談	余家菊	中國哲學
中庸誠的哲學	吳怡	中國哲學
哲學演講錄	吳怡	中國哲學
墨家的哲學方法	鐘友聯	中國哲學
韓非子的哲學	王邦雄	中國哲學
墨家哲學	蔡仁厚	中國哲學
知識、理性與生命	孫寶琛	中國哲學
逍遙的莊子	吳怡	中國哲學
中國哲學的生命和方法	吳怡	中國哲學
儒家與現代中國	韋政通	中國哲學
希臘哲學趣談	鄔昆如	西洋哲學
中世哲學趣談	鄔昆如	西洋哲學
近代哲學趣談	鄔昆如	西洋哲學
現代哲學趣談	鄔昆如	西洋哲學
現代哲學述評(一)	傅佩榮譯	西洋哲學
懷海德哲學	楊士毅	西洋哲學
思想的貧困	韋政通	思想
不以規矩不能成方圓	劉君燦	思想
佛學研究	周中一	佛學
佛學論著	周中一	佛學
現代佛學原理	鄭金德	佛學
禪話	周中一	佛學
天人之際	李杏邨	佛學
公案禪語	吳怡	佛學
佛教思想新論	楊惠南	佛學
禪學講話	芝峯法師譯	佛學
圓滿生命的實現（布施波羅蜜）	陳柏達	佛學
絶對與圓融	霍韜晦	佛學
佛學研究指南	關世謙譯	佛學
當代學人談佛教	楊惠南編	佛學